안녕하세요 한국어.
잘 부탁합니다.

★獻給想要馬上說韓語的您★

韓語入門
中文就行啦

金龍範◎著

U0080288

□ 想像一下，如果能把韓語學好

◎ 看韓劇不用中文配音，可以聽到韓星的原聲！

◎ 在韓星演唱會上，可以聽懂他們講什麼！

◎ 用真正的韓語唱出旋律動人的韓語歌！

◎ 綜藝節目上的冷笑話，都能聽懂啦！

◎ 離超仰慕的那個韓星又少了一步的距離！

◎ 可以自由行韓劇的舞台、名所及私房景點！

◎ 充分享受韓國的傳統舞蹈、美容沙龍！

◎ 學一個語言，又能認識另一個不同的世界！

◎ 會英語或日語，又能懂另一種外語！

◎ 多了一個翻譯的專長！

◎ 知道韓國人思維模式，刺激自己的創意！

◎ 增加國際視野，有信心到韓國找工作、做生意啦！

□ 哇！太棒了！

□ 可是，韓語那又是圈、又是點、又是橫、又是豎的，好像「來自星星的文字」。

□ 別擔心！韓語有 70% 是「漢字詞」，是從中國引進的，發音也是模仿了中國古時候的發音，文法又跟日語幾乎一模一樣，最重要的是，韓國自古以儒家思想治國，所以，韓語越高階越好學喔！為了在一開始的入門階段，讓您立馬上手，這裡用中文來拼韓語發音，讓您瘋韓之路，一路順暢到底！

□ 《韓語入門 中文就行啦》有 7 個好處點以及 7 大保證的理由，肯定讓您喜歡、滿意：

第 1 個讚：用中文拼音，韓入門超輕鬆！

第 2 個讚：從零開始，文法記這些就行啦！

第 3 個讚：從跟韓星聊天句切入，讓您瘋韓星，也瘋韓語文法！

第 4 個讚：句子簡短，好學、好記！

第 5 個讚：精選最實用那一句，讓您輕鬆秀韓語！

第 6 個讚：表格式解析文法，說明最簡單、最明白。

第 7 個讚：「韓語＋中文」的朗讀 CD，讓您學得更開心！！

目 錄

　　看起來有方方正正，有圈圈的韓語文字，據説那是創字時，從雕花的窗子，得到靈感的。圈圈代表太陽（天），橫線代表地，直線是人，這可是根據中國天地人思想，也就是宇宙自然法則的喔！

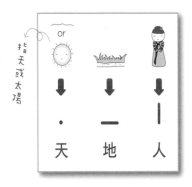

指天或太陽

or

天　　地　　人

　　另外，韓文字的子音跟母音，在創字的時候，是模仿發音的嘴形，很多發音可以跟我們的注音相對照，而且也是用拼音的。

後音組　　舌尖組　　雙唇組　　牙齒組　　喉嚨組

用力發音

　　韓文有 70% 是漢字詞，那是從中國引進的。發音也是模仿了中國古時候的發音。因此，只要學會韓語 40 音，知道漢字詞的造詞規律，很快就能學會 70% 的單字。

韓文是怎麼組成的呢？韓文是由母音跟子音所組成的。排列方法是由上到下，由左到右。大分有下列六種：

1

子音＋母音 ⟶

子
母

2

子音＋母音 ⟶

子	母

3

子音＋母音＋母音 ⟶

子	
母	母

4

子音＋母音＋子音（收尾音）⟶

子
母
子（收尾音）

5

子音＋母音＋子音（收尾音）⟶

子	母
子（收尾音）	

6

子音＋母音＋母音＋子音（收尾音）⟶

子	母
母	
子（收尾音）	

基本母音

韓語只有 40 個字母，其中有 21 個母音和 19 個子音。母音中，基本母音有 10 個，是模仿天（・＝天圓）、地（一＝地平）、人（丨＝人直）的形狀而造出來的。

發音特色分三種：嘴自然大大張開；雙唇攏成圓形；嘴唇向兩邊拉開發像注音「一」音。另外，為了讓字形看起來整齊、美觀，會多加一個「○」，但不發音喔。

動手寫寫看

ㅏ → 아 a	像注音「ㄚ」。嘴巴放鬆自然張大，舌頭碰到下齒齦，嘴唇不是圓形喔！	아　아
ㅑ → 야 ya	像注音「一ㄚ」。先發「丨 [i]」，再快速滑向「ㅏ [a]」。	야　야
ㅓ → 어 eo	像注音「ㄛ」。先張開嘴巴下顎往下拉，再發出聲音。嘴唇不是圓形的喔！	어　어
ㅕ → 여 yeo	像注音「一ㄛ」。先發「丨 [i]」，再快速滑向「ㅓ [eo]」。	여　여
ㅗ → 오 o	像注音「ㄡ」。先張開嘴巴成 o 型，再出聲音。	오　오
ㅛ → 요 yo	像注音「一ㄡ」。先發「丨 [i]」，然後快速滑向「ㅗ [o]」。	요　요
ㅜ → 우 u	像注音「ㄨ」。它的口形比 [o] 小些，雙唇向前攏成圓形。	우　우
ㅠ → 유 yu	像注音「一ㄨ」。先發「丨 [i]」，再快速滑向「ㅜ [u]」。	유　유
ㅡ → 으 eu	像注音「ㄜㄨ」。嘴巴微張，左右拉成一字形。	으　으
ㅣ → 이 i	像注音「一」。嘴巴微張，左右拉開一些。	이　이

接下來我們來看由兩個母音組成的「複合母音」。
不用著急，一點一點記下來就行啦！

動手寫寫看

ㅐ → 애 ae	是由「ㅏ [a] + ㅣ [i]」組合而成的。很像注音「ㄟ」。	애	애		
ㅒ → 얘 yae	是由「ㅑ [ya] + ㅣ [i]」組合而成的。很像注音「ㄧㄟ」。	얘	얘		
ㅔ → 에 e	是由「ㅓ [eo] + ㅣ [i]」組合而成的。很像注音「ㄝ」。	에	에		
ㅖ → 예 ye	是由「ㅕ [yeo] + ㅣ [i]」組合而成的。很像注音「ㄧㄝ」。	예	예		
ㅘ → 와 wa	是由「ㅗ [o] + ㅏ [a]」組合而成的。很像注音「ㄨㄚ」。	와	와		
ㅙ → 왜 wae	是由「ㅗ [o] + ㅐ [ae]」組合而成的。很像注音「ㄛㄟ」。	왜	왜		
ㅚ → 외 oe	是由「ㅗ [o] + ㅣ [i]」組合而成的。很像注音「ㄨㄝ」。	외	외		
ㅝ → 워 wo	是由「ㅜ [u] + ㅓ [eo]」組合而成的。很像注音「ㄨㄛ」。	워	워		
ㅞ → 웨 we	是由「ㅜ [u] + ㅔ [e]」組合而成的。很像注音「ㄨㄝ」。	웨	웨		
ㅟ → 위 wi	發音時，是由「ㅜ [u] + ㅣ [i]」組合而成的。很像注音「ㄩ」。	위	위		
ㅢ → 의 ui	是由「ㅡ [eu] + ㅣ [i]」組合而成的。很像注音「ㄜㄧ」。	의	의		

基本子音

　　韓語有 19 個子音，但其實最基本的只有 9 個（又叫平音），其他 10 個是由這 9 個變化來的。子音是模仿人發音的口腔形狀。子音不能單獨使用，必須跟母音拼在一起。

　　這很像我們的注音符號，例如：「歌手」（ㄍㄜˉ ㄕㄡˇ）兩字，韓語是這樣拼的「가수」（ga.su），發音也跟中文很像喔！簡單吧！

動手寫寫看 ✏️

ㄱ→가 ka/ga (k/g)	「ㄱ」發音像注音「ㄎ/ㄍ」。	가	가		
ㄴ→나 na (n)	「ㄴ」發音像注音「ㄋ」。	나	나		
ㄷ→다 ta/da (t/d)	「ㄷ」發音像注音「ㄊ/ㄉ」。	다	다		
ㄹ→라 ra/la (r/l)	「ㄹ」發音像注音「ㄖ/ㄌ」。	라	라		
ㅁ→마 ma (m)	「ㅁ」發音像注音「ㄇ」。	마	마		
ㅂ→바 ba/pa (b/p)	「ㅂ」發音像注音「ㄆ/ㄅ」。閉緊雙唇擋住氣流，在張開嘴巴時，把嘴裡的氣送出。	바	바		
ㅅ→사 sa (s)	「ㅅ」發音像注音「ㄙ」。	사	사		
ㅇ→아 a (ng)	「ㅇ」很特別，在母音前面不發音。在母音後面時才發 [ng] 音。	아	아		
ㅈ→자 cha/ja (ch/j)	「ㅈ」發音像注音「ㄘ/ㄗ」。	자	자		
ㅎ→하 ha (h)	「ㅎ」發音很像注音「ㄏ」。使氣流從聲門摩擦而出來發音。	하	하		

STEP 5
送氣音、硬音

送氣音就是靠腹部用力發的音；硬音是靠喉嚨用力發的音。

送氣音

 動手寫寫看

ㅈ → ㅊ ch	很像注音「ㄘ/ㄑ」。發音方法跟「ㅈ」一樣，只是發「ㅊ」時要加強送氣。

ㄱ → ㅋ k	很像注音「ㄎ」。發音方法跟「ㄱ」一樣，只是發「ㅋ」時要加強送氣。

ㄷ → ㅌ t	很像注音「ㄊ」。發音方法跟「ㄷ」一樣，只是發「ㅌ」時要加強送氣。

ㅂ → ㅍ p	很像注音「ㄆ」。發音方法跟「ㅂ」一樣，只是發「ㅍ」時要加強送氣。

硬 音

ㄱ → ㄲ kk	很像用力唸注音「ㄍˋ」。與「ㄱ」的發音基本相同。

ㄷ → ㄸ tt	很像用力唸注音「ㄉ」。與「ㄷ」基本相同，只是要用力唸。

ㅂ → ㅃ pp	很像用力唸注音「ㄅㄧ」。與「ㅂ」基本相同，只是要用力唸。

ㅅ → ㅆ ss	很像用力唸注音「ㄙˋ」。與「ㅅ」基本相同，只是要用力唸。

ㅈ → ㅉ cch	很像用力唸注音「ㄗˋ」。與「ㅈ」基本相同，只是要用力唸。

收尾音（終音）
跟發音的變化

1 ····· 收尾音（終音）

韓語的子音可以在字首，也可以在字尾，在字尾的時候叫收尾音，又叫終音。韓語 19 個子音當中，除了「ㄸ、ㅃ、ㅉ」之外，其他 16 種子音都可以成為收尾音。但實際只有 7 種發音，27 種形式。

① ㄱ [k] ｜ ㄱ ㅋ ㄲ ㄳ ㄺ

② ㄴ [n] ｜ ㄴ ㄵ ㄶ

③ ㄷ [t] ｜ ㄷ ㅌ ㅅ ㅆ ㅈ ㅊ ㅎ

④ ㄹ [l] ｜ ㄹ ㄼ ㄽ ㄾ ㅀ

⑤ ㅁ [m] ｜ ㅁ ㄻ

⑥ ㅂ [p] ｜ ㅂ ㅍ ㅄ ㄿ

⑦ ㅇ [ng] ｜ ㅇ

2 ••••• 連音化

「ㅇ」有時候像麻薯一樣，只要收尾音的後一個字是「ㅇ」時，收尾音會被黏過去唸。但是「ㅇ」也不是很貪心，如果收尾音有兩個，就只有右邊的那一個會被移過去念。

正確表記	為了好發音	實際發音
단 어 [tan eo]	→	다 너 [ta neo] 單字
값 이 [kaps i]	→	갑 시 [kap si] 價格
서 울 이 에 요 [seo ul i e yo]	→	서 우 리 에 요 [seo u li e yo] 是首爾

3 ••••• 鼻音化（1）

「ㄱ [k]」收尾的音，後一個字開頭是「ㄴ，ㅁ」時，要發成「ㅇ [ng]」。
「ㄷ [t]」收尾的音，後一個字開頭是「ㄴ，ㅁ」時，要發成「ㄴ [n]」。
「ㅂ [p]」收尾的音，後一個字開頭是「ㄴ，ㅁ」時，要發成「ㅁ [m]」。

正確表記	為了好發音	實際發音
국 물 [guk mul]	→	궁 물 [gung mul] 肉湯
짓 는 [jit neun]	→	진 는 [jin neun] 建築
입 문 [ip mun]	→	임 문 [im mun] 入門

4 ••••• 鼻音化（2）

「ㄱ[k], ㄷ[t], ㅂ[p]」收尾的音，後一個字開頭是「ㄹ」時，各要發成「k→ㅇ」「t→ㄴ」「p→ㅁ」。而「ㄹ」要發成「ㄴ」。簡單說就是：

$$
\begin{bmatrix}
ㄱ, ㄷ, ㅂ + ㄹ→ㅇ, ㄴ, ㅁ \\
ㄹ→ㄴ
\end{bmatrix}
$$

正確表記		實際發音
복 리 [bok ri]	→	봉 니 [bong ni] 福利
입 력 [ip ryeok]	→	임 녁 [im nyeok] 輸入
정 류 장 [cheong ru jang]	→	정 뉴 장 [cheong nyu jang] 公車站牌

5 ••••• 蓋音化

「ㄷ[t], ㅌ[t]」收尾的音，後一個字開頭是「이」時，各要發成「ㄷ→ㅈ」「ㅌ→ㅊ」。而「ㄷ[t]」收尾的音，後字為「히」時，要發成「ㅊ」。簡單說就是：

$$
\begin{bmatrix}
ㄷ + 이→지 \\
ㅌ + 이→치 \\
ㄷ + 히→치
\end{bmatrix}
$$

正確表記	為了好發音	實際發音
같 이 [kat i]	→	가 치 [ka chi] 一起
해 돋 이 [hae dot i]	→	해 도 지 [hae do ji] 日出

6 ••••• 激音化

「ㄱ[k],ㄷ[t],ㅂ[p],ㅈ[t]」收尾的音,後一個字開頭是「ㅎ」時,要發成激音「ㅋ,ㅌ,ㅍ,ㅊ」;相反地,「ㅎ」收尾的音,後一個字開頭是「ㄱ,ㄷ,ㅂ,ㅈ」時,也要發成激音「ㅋ,ㅌ,ㅍ,ㅊ」。簡單說就是:

$$\left[\begin{array}{l} ㄱ, ㄷ, ㅂ, ㅈ + ㅎ → ㅋ, ㅌ, ㅍ, ㅊ \\ ㅎ + ㄱ, ㄷ, ㅂ, ㅈ → ㅋ, ㅌ, ㅍ, ㅊ \end{array} \right]$$

正確表記	為了好發音	實際發音
놓 다 [not da]	→	노 티 [no ta] 置放
좋 고 [jot go]	→	조 코 [jo ko] 經常
백 화 점 [paek hwa jeom]	→	배 콰 점 [pae kwa jeom] 百貨公司
잊 히 다 [it hi da]	→	이 치 다 [i chi da] 忘記

背韓語單字的小撇步

不管是學哪一個國家的語言，光是學發音跟文法是不可能上手的。想要上手，一定要背單字，而且單字要一個字一個字的去背的。還記得國中開始背英文單字嗎？不管是單字卡、單字大全，背單字是學語言必須要過的關卡。但是，不喜歡背單字的人，可就一個頭兩個大了。沒關係，這裡來介紹一下，背韓語單字的小撇步。

韓國一直到近代都使用漢字，韓國漢字跟我們的國字及日本漢字幾乎一樣。

韓語的固有語又叫本土詞彙，大約佔總數的 20%；古典詞彙又叫漢字語，幾乎來自中國的漢語，約佔 70%（其中 10% 是日式漢語）；外來語約佔 10%（主要是英語）。而日常生活中使用頻率最高的是本土語言，文學評論中多用漢語詞彙。

漢語詞彙的發音和台灣話、客家話的發音有許多類似的地方。這是因為中原在遼金元清 4 代將近 1000 年期間，經歷北方異族入侵，使得唐代漢語的特徵消失大半，而這些特徵還保留在南方的福建、廣州等地方。因此，我們要學韓語，就是有這樣的優勢。韓語有：

1 •••••• 固有語

固有語大多跟大自然或生活息息相關的單字。例如：

韓文	英文拼音	中譯
나무	na.mu	樹
오다	o.ta	下雨
먹다	meok.ta	吃
숟가락	sut.kka.rak	湯匙
어머니	eo.meo.ni	媽媽

② ‥‥‥‥ 漢字語

　　漢字語幾乎都只有一種讀法，在韓語中約佔70％，其中10％是日式漢語，日式漢語是在近代從日本引進的。明治維新之後，日本成功地學習西方的技術與制度，西化也比中國早。因此，當時優秀的日本學者，大量地翻譯西方詞彙，然後再傳到中國。因此，對我們而言，也是很熟悉的。

漢字	韓　語　讀　法
發	발 [pal] → 발명 [pal.myeong] 【發明】
目	목 [mok] → 목적 [mok.jeog] 【目的】
安	안 [an] → 안심 [an.sim] 【安心】
山	산 [san] → 산맥 [san.maeg] 【山脈】
東	동 [tong] → 동양 [tong.yang] 【東洋】
愛	애 [ae] → 애정 [ae.jeong] 【愛情】

③ ‥‥‥‥ 外來語

　　在韓國人日常會話中使用較廣泛的外來語，外來語大多通過英語音譯成韓語。學習韓語外來語的同時，也可以複習一下英語了。

韓　語	拼　音	中　文	英　語
가이드	ga.i.deu	導遊	guide
노트	no.teu	筆記本	note
다이어트	da.i.eo.teu	減重	diet
비즈니스	bi.jeu.ni.seu	商業	business
셔츠	syeo.cheu	襯衫	shirt
인터넷	in.teo.net	網路	internet
팩스	paek.seu	傳真	fax

如何利用我們的優勢來記韓語單字

1 ●●●●● 從發音相近的詞彙，來推測詞意

好啦！那麼我們就先從發音相近的詞彙，來推測詞彙的意思吧！

韓 文	中文拼音	英文拼音
학교	→哈 . 叫	hak.gyo
가족	→卡 . 走客	ga.jog
교과서	→叫 . 瓜 . 瘦	gyo.gwa.seo
시간	→西 . 刊	si.gan
도로	→都 . 樓	do.ro
잡지	→夾撲 . 吉	jap.ji
요리	→優 . 里	yo.ri

請多發幾次音看看。再想像一下跟中文發音相似的單字。答案如下：

韓 文	中文翻譯
학교	學校
가족	家族
교과서	教科書
시간	時間
도로	道路
잡지	雜誌
요리	料理

看到上面知道，韓語有發子音的收尾音，還有連音的現象。

② ●●●●● 利用韓語的特定發音跟中文的特定發音

① 中文一樣的話，發音也一樣，韓語也有同樣的情形

中文裡有「學者」跟「校門」這兩個字，如果各取出第一個字，就成為「學校」。韓語也是一樣。我們看一下：

② 同音異字

還有一個單字記憶撇步。那就是「同音異字」記憶法，例如「영」這個字。

	韓文	中　譯	英文拼音
①	영국	→ 英國	yeong.gug
②	영업	→ 營業	yeong.eob
③	영원	→ 永遠	yeong.won
④	영자	→ 影子	yeong.ja
⑤	배영	→ 背泳	bae.yeong

一個「영」音就有「英、營、永、影、泳…」這麼多的相異字。這麼多跟我們相似的地方，也就是我們學習韓語的優勢喔！

反切表：平音、送氣音跟基本母音的組合

母音 子音	ㅏ a	ㅑ ya	ㅓ eo	ㅕ yeo	ㅗ o	ㅛ yo	ㅜ u	ㅠ yu	ㅡ eu	ㅣ i
ㄱ k/g	가 ka	갸 kya	거 keo	겨 kyeo	고 ko	교 kyo	구 ku	규 kyu	그 keu	기 ki
ㄴ n	나 na	냐 nya	너 neo	녀 nyeo	노 no	뇨 nyo	누 nu	뉴 nyu	느 neu	니 ni
ㄷ t/d	다 ta	댜 tya	더 teo	뎌 tyeo	도 to	됴 tyo	두 tu	듀 tyu	드 teu	디 ti
ㄹ r/l	라 ra	랴 rya	러 reo	료 ryeo	로 ro	료 ryo	루 ru	류 ryu	르 reu	리 ri
ㅁ m	마 ma	먀 mya	머 meo	며 myeo	모 mo	묘 myo	무 mu	뮤 myu	므 meu	미 mi
ㅂ p/b	바 pa	뱌 pya	버 peo	벼 pyeo	보 po	뵤 pyo	부 pu	뷰 pyu	브 peu	비 pi
ㅅ s	사 sa	샤 sya	서 seo	셔 syeo	소 so	쇼 syo	수 su	슈 syu	스 seu	시 si
ㅇ —/ng	아 a	야 ya	어 eo	여 yeo	오 o	요 yo	우 u	유 yu	으 eu	이 i
ㅈ ch/j	자 cha	쟈 chya	저 cheo	져 chyeo	조 cho	죠 chyo	주 chu	쥬 chyu	즈 cheu	지 chi
ㅊ ch	차 cha	챠 chya	처 cheo	쳐 chyeo	초 cho	쵸 chyo	추 chu	츄 chyu	츠 cheu	치 chi
ㅋ k	카 ka	캬 kya	커 keo	켜 kyeo	코 ko	쿄 kyo	쿠 ku	큐 kyu	크 keu	키 ki
ㅌ t	타 ta	탸 tya	터 teo	텨 tyeo	토 to	툐 tyo	투 tu	튜 tyu	트 teu	티 ti
ㅍ p	파 pa	퍄 pya	퍼 peo	펴 pyeo	포 po	표 pyo	푸 pu	퓨 pyu	프 peu	피 pi
ㅎ h	하 ha	햐 hya	허 heo	혀 hyeo	호 ho	효 hyo	후 hu	휴 hyu	흐 heu	히 hi

PART 2

韓語入門

韓語跟中文不一樣的地方

　　韓語的特色之一，就是語順跟中文不一樣。我們以拍機車廣告，就迷死大陸眾多粉絲的李敏鎬為例，來造一句：「大家愛李敏鎬。」這句話，韓語的語順是如何呢？

學習重點及關鍵文法
● 語順跟中文不一樣
● 韓語有助詞
● 韓語有體言跟用言
● 重視上下尊卑的表現

基本單字　先記住這些單字喔！

韓 文	唸 法	中 譯
□ 모두	母.讀 mo.du	大家
□ 사랑하다	莎.郎.哈.打 sa.rang.ha.da	愛
□ 저	走 jeo	我
□ 밥	旁 bab	飯
□ 먹다	摸姑.打 meok.da	吃
□ 고 싶어요	姑.細.波.喲 go.si.peo.yo	想…
□ 주세요	阻.誰.喲 ju.se.yo	請…
□ 나	那 na	我
□ 내	內 nae	我

中文的句子排列順序基本上是「主詞+動詞+受詞」；而韓語的句子排列順序是「主詞+受詞+動詞」。

中文語順：主詞 + 動詞 + 受詞
大家愛李敏鎬。
韓語語順：主詞 + 受詞 + 動詞

大家	×	李敏鎬	×	愛
mo.du	ga	i.min.ho	reur	sa.rang.hae.yo

「例句」 모두 가 이민호 를 사랑해요.
母.讀　卡　衣.敏.呼　路　莎.郎.黑.喲

02　韓語有助詞

韓語中有表示前面接的名詞是主詞的「이 [i]/ 가 [ga]」、「은 [eun]/ 는 [neun]」，表示前面接的名詞是受詞的「을 [eur]/ 를 [reul]」等助詞，這是中文所沒有的。

大家愛李敏鎬。

大家	×	李敏鎬	×	愛
mo.du	ga	i.min.ho	reur	sa.rang.hae.yo

「例句」 모두 가 이민호 를 사랑해요.
母.讀　卡　衣.敏.呼　路　莎.郎.黑.喲

我吃飯。

我	×	飯	×	吃
jeo	neun	ba	beur	meo.geo.yo

「例句」 저 는 밥 을 먹어요.
走　能　爬　布兒　末.勾.喲

我는+飯을+吃。

一、體言：可以作爲主詞的如名詞、代名詞、數詞等，語尾不會變化的。如：

名 詞：개 [gae]（狗）、산 [san]（山）、아버지 [a.beo.ji]（父親）

代名詞：이것 [i.geot]（這個）、저것 [jeo.geot]（那個）

數 詞：일 [il]（1）、삼 [sam]（3）、하나 [ha.na]（一個）、셋 [set]（三個）

二、用言：可以作爲述詞的如動詞、形容詞、存在詞、指定詞等，語尾會變化的。如：

動 詞：먹다 [meok.da]（吃）、보다 [bo.da]（看）〈表示動作或作用〉

形容詞：예쁘다 [ye.ppeu.da]（美麗的）、크다 [keu.da]（大的）〈表示事物的性質或狀態〉

存在詞：있다 [it.da]（有、在）、없다 [eop.da]（沒有、不在）〈表示存在與否〉

指定詞：이다 [i.da]（是）、아니다 [a.ni.da]（不是）〈表示對事物的斷定〉

　　您注意到了嗎？上面的動詞、形容詞、存在詞、指定詞，每一個字後面都是「다」。只要是辭書形用言的最後，都會再加上這一個「다 [da]」字。「다」前面的部份，叫做語幹。另外，辭書形也叫原形、基本形。

　　韓語跟日語一樣，用言的語幹後面，可以接上各種語尾的變化，來表達各式各樣的情境。例如，以「吃」먹다 [meok.da] 來做例子。

現在形：

我吃飯。

我	×	飯	×	吃
jeo	neun	ba	beur	meo.geo.yo

「例句」 저 는 밥 을 먹어요 .
走 能 爬 布兒 末.勾.喲

我는 ＋ 飯을 ＋ 吃。

過去形：

我吃了飯。

我	×	飯	×	吃了
jeo	neun	ba	beur	meo.geo.sseo.yo
저	는	밥	을	먹었어요
走	能	爬	布兒	末.勾.手.喲

我는＋飯을＋吃了。

希望形：

我想吃飯。

我	×	飯	×	吃	想
jeo	neun	ba	beur	meok	go	si.peo.yo
저	는	밥	을	먹	고	싶어요
走	能	爬	布兒	摸	姑	細.汲.喲

我는＋飯을＋吃＋想。

請託形：

請吃飯。

飯	×	吃	請
ba	beur	meo	geo	ju.se.yo
밥	을	먹	어	주세요
爬	布兒	末	勾	阻.誰.喲

飯을＋吃＋請。

25

重視上下尊卑的關係

　　為什麼韓國人喜歡問對方的年齡，跟是否結婚了呢？那是因為韓國人經常要透過年齡或身分地位，來決定跟對方要使用敬語或半語。只要是對長輩，不論親疏都要用敬語；對晚輩或年紀差不多的人使用半語（一半的語言）。如下：

1. 尊敬的說法有兩種

我吃了飯。

我 jeo	× neun	飯 ba	× beur	吃了 meo.geot.seum.ni.da

「例句」 저 는 밥 을 먹었습니다. （禮貌並尊敬的說法）
走　能　爬　布兒　末.勾.土.師四.妮.打

我 jeo	× neun	飯 ba	× beur	吃了 meo.geo.sseo.yo

「例句」 저 는 밥 을 먹었어요. （客氣但不是正式的說法）
走　能　爬　布兒　末.勾.手.喲

2. 半語

我吃了飯。

我 na	× neun	飯 ba	× beur	吃了 meo.geo.sseo

「例句」 나 는 밥 을 먹었어. （上對下或親友間的說法）
那　能　爬　布兒　末.勾.手

我 nae	× ga	飯 ba	× beur	吃了 meo.geot.da

「例句」 내 가 밥 을 먹었다. （上對下或親友間的說法）
內　卡　爬　布兒　末.勾.打

練習 | 句子被打散了，請在（ ）內排出正確的順序。

1. 我是韓國人。

는 , 입니다 , 저 , 한국인
→ (　　　　　　　　　).

2. 我叫金賢重。

김현중 , 이름 , 입니다 , 은
→ (　　　　　　　　　).

3. 我去學校。

는 , 가요 , 학교 , 에 , 저
→ (　　　　　　　　　).

4. 他是社長。

입니다 , 사장 , 그 , 가
→ (　　　　　　　　　).

5. 我看報紙。

는 , 나 , 을 , 신문 , 읽습니다
→ (　　　　　　　　　).

ANSWER 答案

1. 저는 한국인입니다 .
2. 이름은 김현중입니다 .
3. 저는 학교에 가요 .

4. 그가 사장입니다 .
5. 나는 신문을 읽습니다 .

「是＋名詞」平述句型

　　看到令人無法抵擋的男子魅力與氣質的韓星，衝上前想跟他說「是（你的）粉絲。」就要平述句型了。其他如「是男性」「是韓國」等，對事物表示肯定的論斷，都是用平述句型「是＋名詞」。以尊敬度來排列的話，最高的是「～입니다[im.ni.da]」，接下來是「～에요[e.yo]」，最後是「～야[ya]」。

學習重點及關鍵文法

● 韓國人是非常講究輩份的。
● 是～＝
　～입니다 [im.ni.da]
　～에요 [e.yo]
　～야 [ya]

基本單字 先記住這些單字喔！

韓　文	唸　法	中　譯
□ 자동차	又.同.擦 ja.dong.cha	汽車
□ 팬	偏 paen	粉絲
□ 남자	男.又 nam.ja	男性
□ 이것	衣.勾土 i.geot	這個
□ 시계	細.給 si.ge	手錶
□ 한국	韓.哭 han.guk	韓國
□ 학교	哈.叫 hak.gyo	學校
□ 책상	妾可.商 chaek.sang	桌子

Rule 01 是～ = ～입니다 [im.ni.da]（禮貌並尊敬的說法）

07 CD

到韓國面對年紀比你大的長輩、老師或初次見面的人，要表示高度的禮貌並尊敬對方，說自己「是粉絲」，這個「是～」就用「～입니다 [im.ni.da]」（原形是이다 [i.da]）。只要單純記住「是～=～입니다」就可以啦！無論前面接的名詞是母音結尾或是子音結尾，都直接接「～입니다」就行啦。

>
> **基本句型**
> 母音結尾的名詞＋＋입니다 . [im.ni.da]
> 子音結尾的名詞＋＋입니다 . [im.ni.da]

是汽車。

汽車	是
ja.dong.cha	im.ni.da

「例句」
자동차 입니다 .
叉.同.擦　因.妮.打

是粉絲。

粉絲	是
pae	nim.ni.da

「例句」
팬 입니다 .
配　因.妮.打

---

02 是～ = ～예요 [ye.yo]（客氣但不是正式的說法）

08 CD

「是～」還有一種用在親友之間，但說法帶有禮貌、客氣，語氣柔和的「～예요 [ye.yo]」。說法比原形的「이다 [i.da]」還要客氣。但禮貌度沒有「입니다 [im.ni.da]」來得高。

>
> **基本句型**
> 母音結尾的名詞＋예요 . [ye.yo]
> 子音結尾的名詞＋이에요 . [i.e.yo]

是男性。

男性	是
nam.ja	ye.yo

「例句」
남자 예요 .
男.叉　也.喲

是粉絲。

粉絲	是
pae	ni.e.yo

「例句」
팬 이에요 .
配　妮.也.喲

29

Rule 03 是～＝～야 [ya] (上對下或親友間的說法)

看過「冬季戀歌」的人知道嗎？裡面的主角都是同學，所以講的都是「半語」喔！也表示「是～」的「～야 [ya]」用法比較隨便一點，是用在對年紀比自己小，或年紀差不多的親友之間的「半語＝一伴的語言」。請注意，對長輩或較為陌生的人，可不要使用喔！對方可能會覺得你很沒有禮貌，而對你有不好的印象喔！

> 基本句型
>
> 母音結尾的名詞＋야 . [ya]
>
> 子音結尾的名詞＋이야 . [i.ya]

是手錶。

手錶	是
si.ge	ya

「例句」 시계 야 .
　　　　細.給　牙

是學校。

學校	是
hak.ggyo	ya

「例句」 학교 야 .
　　　　哈.叫　牙

---

04 是～＝～다 [da]. (原形的說法)

입니다 [im.ni.da] 的原形是「다 [da]/ 이다 [i.da]」。表示「是～」的意思。

> 基本句型
>
> 母音結尾的名詞＋다 . [da]
>
> 子音結尾的名詞＋이다 . [i.da]

是手錶。

手錶	是
si.ge	da

「例句」 시계 다 .
　　　　細.給　打

是桌子。

桌子	是
chaek.sang	i.da

「例句」 책상 이다 .
　　　　妾可.商　衣.打

整理一下

	客氣且正式	稍稍客氣	隨便	原形
母音結尾	名詞＋입니다 [im.ni.da]	名詞＋예요 [ye.yo]	名詞＋야 [ya]	名詞＋다 [da]
子音結尾	名詞＋입니다 [im.ni.da]	名詞＋이에요 [i.e.yo]	名詞＋이야 [i.ya]	名詞＋이다 [i.da]

30

1. 是上班族。(회사원)

→ (　　　　　　　　　　　).

2. 是暑假。(여름방학)

→ (　　　　　　　　　　　).

3. 是日本人。(일본사람)

→ (　　　　　　　　　　　).

4. 是學校。(학교)

→ (　　　　　　　　　　　).

5. 是 11 月。(십일월)

→ (　　　　　　　　　　　).

6. 是朋友。(친구)

→ (　　　　　　　　　　　).

ANSWER
答案
1. 회사원입니다.
2. 여름방학입니다.
3. 일본사람이에요.
4. 학교예요.
5. 십일월이야.
6. 친구야.

31

這一回我們來看韓語的助詞。韓語跟日語一樣，主詞或受詞等後面都要加一個像小婢女一樣的助詞。韓語助詞會因為前接詞的結尾是子音或母音而產生變化。

學習重點及關鍵文法

● 無具體意義＝는 [neun] / 은 [eun]
● 無具體意義＝를 [reur]/ 을 [eur]
● 無具體意義＝가 [ga] / 이 [i]
● ～的＝의 [ui]

基本單字 先記住這些單字喔！

韓 文	唸 法	中 譯
□ 씨	西 ssi	先生, 小姐
□ 친구	親.姑 chin.gu	朋友
□ 오늘	喔.努兒 o.neul	今天
□ 일요일	衣.六.憶兒 i.ryo.il	星期日
□ 그	古 geu	他
□ 사장	莎.張 sa.jang	社長
□ 눈	嫩 nun	雪
□ 내린다	內.吝.打 nae.rin.da	下（雪）
□ 커피	卡.匹 keo.pi	咖啡
□ 마시다	馬.細.打 ma.si.da	喝
□ 이름	衣.樂母 i.reum	名字
□ 쓰다	射.打 sseu.da	書寫
□ 누구	努.姑 nu.gu	誰

Rule 01 는 [neun], 은 [eun]：表示主詞

助詞「는 [neun], 은 [eun]」表示前面是主詞，這個主詞是後面要說明、討論的對象。譬如引爆超級韓流的「李敏鎬」，他那不凡的魅力，大大的征服了你。在你心裡，已經把他當成朋友了。要大聲說「敏鎬先生是朋友。」那麼，「는 [neun]」前面的主詞是「敏鎬先生」，後面要說明他「是朋友」。

 母音結尾的名詞＋는 [neun]

子音結尾的名詞＋은 [eun]

敏鎬先生是朋友。

敏鎬	先生	×	朋友	是
min.ho	ssi	neun	chin.gu	ye.yo

「例句」
민호	씨	는	친구	예요 .
敏．呼	西	能	親．姑	也．喲

今天是星期日。

今天	×	星期日	是
o.neu	reun	i.ryo.i	ri.e.yo

「例句」
오늘	은	일요일	이에요 .
喔．呢	輪恩	衣．六．衣	里．也．喲

*「씨 [ssi]」（先生、小姐）是對男性及女性禮貌的稱呼。可以接在全名或名字後面，但不能只接在姓氏的後面。也不適用在稱呼長輩、老師或前輩身上。對長輩或必須尊敬的人，通常用「姓氏＋職稱」的稱呼方式。

Rule 02

가 [ga]，이 [i]：表示主詞

13 CD

助詞「가 [ga]，이 [i]」前接名詞，表示這一名詞是主詞，這主詞是要說明的對象，或行動狀態的主體。大多含有不是別的，就是這個的指定、限定意味。

> **基本句型**
>
> 母音結尾的名詞＋가 [ga]
>
> 子音結尾的名詞＋이 [i]

他是社長。

他	×	社長	是
geu	ga	sa.jang	im.ni.da

「例句」

그	가	사장	입니다	.
古	卡	莎.張	因.妮.打	

下雪。

雪	×	下
nu	ni	wa.yo

「例句」

눈	이	와요	.
努	妮	娃.喲	

---

03 를 [reur]，을 [eur]（表示受詞）

14 CD

助詞「를 [reur]，을 [eur]」前接名詞，表示這一名詞是後面及物動詞的受詞。

> **基本句型**
>
> 母音結尾的名詞＋를 [reur]
>
> 子音結尾的名詞＋을 [eur]

喝咖啡。

咖啡	×	喝
keo.pi	reur	ma.sim.ni.da

「例句」

커피	를	마십니다	.
卡.匹	路	馬.心.妮.打	

寫名字。

名字	×	寫
i.reu	meur	sseum.ni.da

「例句」

이름	을	씁니다	.
衣.魯	母	順.妮.打	

「의 [e]」是表示所有、領屬、來源等關係的助詞。「의 [e]」不會因爲前接詞的結尾是子音或母音而產生變化。要注意的是發音時不念「ui」，要念「e」。相當於中文的「的~，之~」。

> **基本句型**
>
> 母音結尾的名詞＋의 [e]
>
> 子音結尾的名詞＋의 [e]

是韓國的名產。

韓國	的	名產	是
han.gu	ge	myeong.mu	rim.ni.da

「例句」

한국 의 명물 입니다 .
韓.姑　給　妙.木　衣樓.妮.打

這是誰的東西？

這是	誰	的	東西
i.ge	nu.gu	e	geo. si. c. yo

「例句」

이게 누구 의 것이에요 ?
衣.給　努.姑　也　勾.細.也.喲

* 連接表示日期的兩個名詞時，會省略「의 [e]」。如：「내년사월 [nae.nyeon.sa.wor]」（明年 4 月）。「내년 [nae.nyeon]」後面不接「의 [e]」。

另外,第一人稱「저 [jeo] (我)」、「나 [na] (我)」,跟第二人稱「너 [neo] (你)」接「의 [e]」時,各省略成「제 [je] (我的)」、「내 [nae] (我的)」、「네 [ne] (你的)」的念法。

這不是我的東西。

這	×	我的	東西	×	不是
i.geo	seun	nae	geo	si	a.ni.e.yo

「例句」

이것	은	내	것	이	아니에요.
衣.勾	順	內	勾	細	阿.妮.也.喲

這位是我的朋友。

這	人	×	我的	朋友	是
i	sa.ra	meun	je	chin.gu	im.ni.da

「例句」

이	사람	은	제	친구	입니다.
衣	莎.郎	運	姊	親.姑	因.妮.打

整理一下

	主詞	主詞	受詞	所有
母音結尾	는 [neun]	가 [ga]	를 [reur]	의 [e]
子音結尾	은 [eun]	이 [i]	을 [eur]	의 [e]

1. 我是男生。

는 , 입니다 , 남자 , 저
[×]　　　 ^是　　　 ^{男生}　 ^我

→ (　　　　　　　　　) 。

2. 這裡是東大門。

이에요 , 동대문 , 가 , 여기
　　　　 ^{東大門}　 ^是　　 ^{這 裡}

→ (　　　　　　　　　) 。

3. 吃牛五花肉。

를 , 먹어요 , 갈비
[×]　 ^吃　　 ^{牛五花肉}

→ (　　　　　　　　　) 。

4. 是韓國的名產。

입니다 , 의 , 명물 , 한국
^是　　 ^的　 ^{名 產}　 ^{韓 國}

→ (　　　　　　　　　) 。

5. 買雜誌。

를 , 삽니다 , 잡지
[×]　 ^買　　 ^{雜 誌}

→ (　　　　　　　　　) 。

6. 小孩很可愛。

는 , 귀여워요 , 아이
[×]　 ^{很 可 愛}　　 ^{小 孩}

→ (　　　　　　　　　) 。

美麗、婀娜多姿的女韓星，常看得所有粉絲眼睛都跟著亮起來啦！叫人直呼：「太美啦！」想趕快「去韓國啦！」。這一回我們就趕快來介紹「去」、「美的」這類的動詞・形容詞的基本形囉！

學習重點及關鍵文法

● 합니다體 [ham.ni.da]：語尾的「다 [da]」變成「ㅂ니다 [b.ni.da]/ 습니다 [seum.ni.da]」

● 해요體 [hae.yo]：語尾的「다 [da]」變成「아요 [a.yo]/ 어요 [eo.yo]」

● 半語體：拿掉「해요體 [hae.yo]」的「요 [yo]」

基本單字　先記住這些單字喔！

韓 文	唸 法	中 譯
□ 전자렌지	怎.叉.連.吉 jeon.ja.ren.ji	微波爐
□ 밖	爬客 bak	外面
□ 거리	勾.里 geo.ri	距離
□ 짐	基母 jim	行李
□ 몸	母 mom	身體
□ 글	股 geul	文章
□ 속도	收.土 sok.do	速度
□ 여행	有.狠 yeo.haeng	旅行
□ 커피	卡.匹 keo.pi	咖啡
□ 돈	洞 don	錢
□ 맛	馬 mat	味道

Rule 01 하다體 [ha.da] (辭書形)

韓語裡的動詞·形容詞結尾以「다 [da]」結束的叫「하다體 [ha.da]」,由於詞典裡看到的也是這一形,所以又叫辭書形(也叫基本形、原形)。韓語的動詞·形容詞結尾是會變化的,例如「去」這個動詞的原形是「가다 [ga.da]」,在華語中,如果要說「不去」,只要加上「不」,但韓語動詞結尾「가다」的「다」要進行變化,來表示「不」的意思,而沒有變化的「가」叫做語幹。形容詞的變化也是一樣的。

□動詞

原　形	語　幹
가다 [ga.da] (去) →	가 [ga]
먹다 [meok.dda] (吃) →	먹 [meok]
팔다 [pal.da] (賣) →	팔 [pal]
타다 [ta.da] (搭乘) →	타 [ta]

□形容詞

原　形	語　幹
크다 [keu.da] (大的) →	크 [keu]
작다 [jak.dda] (小的) →	작 [jak]
길다 [gil.da] (長的) →	길 [gil]
좋다 [jo.ta] (好的) →	좋 [jot]
덥다 [deop.dda] (熱的) →	덥 [deob]

去。→不去。

去	去	不	
ga.da.	ga	ji	an.ta

「例句」 가다 → 가 지 않다 .
卡.打　　卡　吉　安.打

Rule 02 합니다體 [ham.ni.da]、해요體 [hae.yo] 跟 半語體的比較 (平述句語尾)

　　講究輩份的韓國人在會話的結尾，有幾種說話方式。禮貌度不一樣，活用的方式也不一樣。有禮貌並尊敬的「합니다體 [ham.ni.da]」；客氣但不正式的「해요體 [hae.yo]」；上對下或親友間的「半語體」。這又叫用言平述句的語尾，沒有具體的意思。

原　形	語幹	합니다體	해요體	半語體
가다 [ga.da] (去)	가 [ga]	갑니다 [gam.ni.da]	가요 [ga.yo]	가 [ga]

03 합니다體 [ham.ni.da]

　　就是把語尾的「다 [da]」變成「ㅂ니다 [b.ni.da]/ 습니다 [seum.ni.da]」就行啦！這是最有禮貌的結束方式。聽韓國的新聞播報，就可以常聽到這一說法。「母音語幹結尾＋ㅂ니다 [b.ni.da]；子音語幹結尾＋습니다」。「母音語幹結尾＋ㅂ니다」的「ㅂ [b]」接在沒有子音的詞，被當作子音（收尾音）。這種活用規則，動詞、形容詞、存在詞、指定詞都適用。

 母音語幹結尾＋ㅂ니다 [b.ni.da]

子音語幹結尾＋습니다 [seum.ni.da]

原　　形	語　幹	합 니 다 體
가다 [ga.da] (去) →	가 [ga] →	갑니다 [gam.ni.da]
서다 [seo.da] (站立) →	서 [seo] →	섭니다 [seom.ni.da]
싸다 [ssa.da] (便宜) →	싸 [ssa] →	쌉니다 [ssam.ni.da]
앉다 [an.dda] (坐下) →	앉 [an] →	앉습니다 [an.seum.ni.da]
먹다 [meok.dda] (吃) →	먹 [meog] →	먹습니다 [meok.seum.ni.da]
좋다 [jo.ta] (好的) →	좋 [jot] →	좋습니다 [jot.seum.ni.da]

用微波爐加熱。

加熱	微波爐	用	加熱
de.u.da	jeon.ja.ren.ji	e	de.um.ni.da

「例句」 데우다 : 전자렌지 에 데웁니다 .
麥.無.打　　怎.叉.連.吉　也　麥.五母.妮.打

在外面玩。

遊玩	外面	在	玩
nol.da	ba	kke.seo	nom.ni.da

「例句」 놀다 : 밖 에서 놉니다 .
農.打　　爬　給.瘦　農.妮.打

料理很辣。

辣的	料理	×	很辣
jja.da	eum.si	gi	jjam.ni.da

「例句」 짜다 : 음식 이 짭니다 .
恰.打　　恩.細　給　甲母、妮.打

距離很遠。

遠的	距離	×	很遠
meol.da	geo.ri	ga	meom.ni.da

「例句」 멀다 : 거리 가 멉니다 .
末兒.打　　科.里　卡　某.妮.打

Rule 04 해요體 [hae.yo]

就是把語尾的「다 [da]」變成「아요 [a.yo]/ 어요 [eo.yo]」就行啦！這是一般口語中常用到的客氣但不是正式的平述句語尾「～요 [yo]」的「해요體 [hae.yo]」。這是首爾的方言，由於說法婉轉一般女性喜歡用，男性也可以用。至於動詞·形容詞要怎麼活用呢？那就看語幹的母音是陽母音，還是陰母音來決定了。

□語幹的母音是陽母音時

什麼是陽母音呢？那就是向右向上的母音「ㅏ、ㅑ、ㅗ、ㅛ、ㅘ」了。例如「살다 [sal.da]（活著）」、「닫다 [dat.dda]（關閉）」、「옳다 [ol.ta]（正確）」等，語幹是陽母音的動詞·形容詞，就要用「語幹＋아 [a] ＋요 [yo]」的形式了。只要記住「아 [a]」的「ㅏ [a]」也是陽母音，就簡單啦！

陽母音語幹＋아 [a] ＋요 [yo]

原　形	陽母音語幹	해요體
살다 [sal.da]（活著）→	살 [sar]（母音是ㅏ）：	살아요 .[sa.ra.yo]（살＋아＋요）
닫다 [dat.dda]（關閉）→	닫 [dad]（母音是ㅏ）：	닫아요 .[da.da.yo]（닫＋아＋요）
옳다 [ol.ta]（正確）→	옳 [ol]（母音是ㅗ）：	옳아요 .[o.la.yo]（옳＋아＋요）
가다 [ga.da]（去）→	가 [ga]（母音是ㅏ）：	가요 .[ga.yo]（가＋아＋요。但因為「ㅏ、아」兩個母音連在一起，所以「아」被省略了。）
대단하다 [dae.dan.ha.da]（了不起）→	대단하 [dae.dan.ha]（母音是ㅏ）：	대단해요 .[dae.dan.hae.yo]（대단하＋아＋요。但因為「하、아」兩個母音連在一起，所以縮約為「해」。）

打包行李。

打包	行李	×	打包
ssa.da	ji	meur	ssa.yo

「例句」 싸다 : 짐 을 싸요 .
撒.打　　吉　母　撒.喲

身體是冷的。

冷的	身體	×	冷的
cha.da	mo	mi	cha.yo

「例句」 차다 : 몸 이 차요 .
擦.打　　母　迷　擦.喲

□語幹的母音是陰母音時

　　陽母音以外的母音叫「陰母音」，有「ㅓ、ㅕ、ㅜ、ㅠ、ㅡ、ㅣ」。例如：「묻다 [mut.da (埋葬)」、「서다 [seo.da] (站立)」、「재미있다 [jae.mi.it.dda] (有趣)」等，語幹是陰母音的動詞‧形容詞，就要用「語幹+어 [eo] +요 [yo]」的形式了。只要記住「어 [eo]」的「ㅓ [eo]」也是陰母音，就簡單啦！

陰母音語幹+어 [eo] +요 [yo]

原　形	陰母音語幹	해요體
묻다 [mut.dda] (埋葬) →	묻 [mud](母音是ㅜ)：	묻어요 .[mu.deo.yo] (묻＋어＋요)
서다 [seo.da] (站立)‚	서 [seo](母音是ㅓ)：	서요 .[seo.yo] (서＋어＋요．但是「ㅓ、어」 兩個母音連在一起，所以「어」被省略了)
재미있다 [jae.mi.it.dda] (有趣) →	재미있 [jae.mi.it](母音是ㅣ)：	재미있어요 .[jae.mi.i.sseo.yo] (재미있＋어＋요)

用韓文寫文章。

寫	韓文	用	文章	×	寫
sseu.da	han.geul	lo	geu	reur	sseo.yo

「例句」

쓰다 ： 한글 로 글 을 써요 .
射.打　韓.股 樓 古 路 手.喲

速度慢。

慢的	速度	×	慢
neu.ri.da	sok.do	ga	neu.ryeo.yo

「例句」

느리다 ： 속도 가 느려요 .
呢.里.打　收.土 卡 呢.留.喲

* 例外，「하다 [ha.da]」（做）的特殊變化是「하다 [ha.da] →해요 [he.yo]」。

44

只要把「해요體 [hae.yo]」最後的「요 [yo]」拿掉就行啦！半語體用在上對下或親友間。在韓國只要是長輩或是陌生人，甚至比大你一歲的人，都不要用「半語體」，否則不僅會被覺得很沒禮貌，還可能會被碎碎念哦！至於動詞、形容詞要怎麼活用呢？那也是看語幹的母音來決定了。

□語幹的母音是陽母音 (ㅏ、ㅑ、ㅗ、ㅛ、ㅘ) 時

跟「해요體 [hae.yo]」的活用一樣，最後只要不接「요 [yo]」就行啦！也就是「語幹＋아 [a]」的形式了。

陽母音語幹＋아 [a]

原　形	陽母音語幹	半語體
살다 [sal.da](活著) →	살 [sar](母音是ㅏ)：	살아 .[sa.ra](살＋아)
닫다 [dat.dda] (關閉) →	닫 [dad](母音是ㅏ)：	닫아 .[da.da](닫＋아)
가다 [ga.da](去) →	가 [ga](母音是ㅏ)：	가 .[ga] (가＋아，但因為「ㅏ、아」兩個 母音連在一起，所以「아」被省略了)
옳다 [ol.ta](正確) →	옳 [ol](母音是ㅗ)：	옳아 .[o.la](옳＋아)

去首爾旅行。

去	首爾	×	旅行	×	去
ga.da	seo.ul	lo	yeo.haeng	eur	ga

「例句」
가다	서울	로	여행	을	가 .
卡.打	瘦.爾	樓	有.狠	嗯	卡

咖啡太濃了。

濃的	咖啡	×	太	濃
jin.ha.da	keo.pi	ga	neo.mu	jin.hae

「例句」
진하다	커피	가	너무	진해 .
親.哈.打	卡.匹	卡	娜.木	親.黑

□語幹的母音是陰母音時

跟「해요體 [hae.yo]」的活用一樣，最後只要不接「요 [yo]」就行啦！也就是「語幹＋어 [a]」的形式了。

陰母音語幹＋어 [a]

原　形	陰母音語幹	半　語　體
묻다 [mut.dda] （埋葬）→	묻 [mud]（母音是ㅜ）：	묻어 .[mu.deo]（묻＋어 .）
서다 [seo.da]（站立）→	서 [seo]（母音是ㅓ）：	서 .[seo]（서＋어 . 但是「ㅓ、어」兩個 母音連在一起，所以「어」被省略了）
재미있다 [jae.mi.it.da] （有趣）→	재미있 [jae.mi.it] （母音是ㅣ）：	재미있어 .[jae.mi.i.sseo] （재미있＋어 .）

賺錢。

「例句」

賺 beol.da	錢 do	× neur	賺 beo.reo
벌다 ： 撥.打	돈 土	을 奴	벌어 . 波.樓

味道甜。

「例句」

甜的 dal.da	味道 ma	× si	甜的 da.ra
달다 ： 台.打	맛 馬	이 細	달아 . 它.郎

□하變則用言（名詞＋하다 [ha.da]）

　韓語中，還有一種動詞跟形容詞用的是「名詞＋하다 [ha.da]」的形式。叫做「하變則用言」（又叫하다用言、여 [yeo] 變則用言）。例如：

> 基本形→하다 (사랑하다) [ha.da (sa.rang.ha.da)]
>
> 客氣正式→합니다 (사랑합니다) [ham.ni.da (sa.rang.ham.ni.da)]
>
> 客氣非正式→해요 (사랑해요) [hae.yo (sa.rang.hae.yo)]

名詞＋하다	하 變 則 用 言
愛＋하다 →	사랑하다 .[sa.rang.ha.da]（喜愛。）
感謝＋하다 →	감사하다 .[gam.sa.ha.da]（感謝。）
多情＋하다 →	다정하다 .[da.jeong.ha.da]（多情、親切）

我愛她（那女人）。

那人很親切。

47

基本形	中文	합니다體	해요體	半語體
가다	去			
오다	來			
서다	站立			
먹다	吃			

PRACTICE 練習 2 請把〔 〕裡的單字，排出正確的順序，並把 (1、2) 改成합니다體；(3) 改成해요體。

1. 今天好熱。

〔은 , 덥다 , 오늘〕
   　　熱　　今天

→ ( ).

2. 這鐘錶好貴。

〔비싸다 , 이 , 는 , 시계〕
   昂　貴　這個　　　時鐘

→ ( ).

3. 這裡好吵。

〔는 , 시끄럽다 , 여기〕
   　　吵　雜　　這裡

→ ( ).

48

1.

基本形	中　文	합니다體	해요體	半語體
가다	去	갑니다	가요	가
오다	來	옵니다	와요	와
서다	站立	섭니다	서요	서
먹다	吃	먹습니다	먹어요	먹어

2.
1. 오늘은 덥습니다.
2. 이 시계는 비쌉니다.
3. 여기는 시끄러워요.

疑問句

粉絲們看到自然清新、才華洋溢、帥氣可愛的韓星，一定有很多問題要問吧！這一回我們來介紹韓語的疑問句。要說「是朋友嗎？」、「你喜歡台灣料理嗎？」的「（是）～嗎？」，要怎麼說呢？

學習重點及關鍵文法

● 합니다體 [ham.ni.da]：去「다 [da]」加「까 [kka]」就行啦
● 해요體 [hae.yo]：只要加上「？」就行啦
● 半語體：只要加上「？」就行啦

基本單字 先記住這些單字喔！

韓 文	唸 法	中 譯
□ 신부	心．樸 sin.bu	新娘
□ 한국말	韓．姑恩．馬 han.gung.mal	韓國話
□ 서울	覆．爾 seo.ul	首爾
□ 차	擦 cha	車子
□ 책	妾可 chaek	書
□ 내일	內．憶兒 nae.il	明天
□ 가다	卡．打 ga.da	去
□ 맛있다	馬．西．打 ma.sit.da	好吃
□ 한국요리	韓．姑恩．鰤．里 han.gung.yo.ri	韓國料理
□ 텔레비전	貼．淚．比．怎 tel.le.bi.jeon	電視
□ 보다	普．打 bo.da	看
□ 바다	爬．打 ba.da	大海
□ 넓다	弄吳．打 neolp.da	遼闊

名詞的疑問句，有「합니다體 [ham.ni.da]」、「해요體 [hae.yo]」跟「半語體」，差別如下。

□ 합니다體 [ham.ni.da]

禮貌並尊敬的說法「합니다體」的疑問句，句型是「名詞+입니까?[im.ni.kka]」（是～嗎？）。也就是把平述句的「입니다 [im.ni.da]」（是～）的「다 [da]」改成「까 [kka]」就行啦！例如：「신부입니다 [sin.bu.im.ni.da].（是新娘。）→신부입니까?[sin.bu.im.ni.kka]（是新娘嗎？）」不會因為前接詞的結尾是子音或母音而產生變化。

基本句型

母音結尾的名詞＋입니까?[im.ni.kka]

子音結尾的名詞＋입니까?[im.ni.kka]

是新娘嗎？

新娘	是	嗎
sin.bu	im.ni	kka

「例句」 신부 입니 까?
心.樸　因.妮　嘎

是韓國話嗎？

韓國話	是	嗎
han.gung.ma	rim.ni	kka

「例句」 한국말 입니 까?
韓.姑恩.馬　衣樸.妮　嘎

* 有問就有回，回答「是」就說「네 [ne]」；「不是」就說「아뇨 [a.nyo]」。

□ 해요體 [hae.yo]

　　客氣但不是正式說法「해요體 [hae.yo]」的疑問句，句型是「名詞＋예요?[ye.yo] / 이에요? [i.e.yo]」，也就是在肯定句的句尾加上「？」，發音上揚就行啦。例如：「친구예요 [chin. gu.ye.yo]. （是朋友。）→친구예요?[chin.gu.ye.yo] (是朋友嗎？)」。「에 [e]」跟「예 [ye]」看起來很像，但後者多了一條線，可要小心一點哦！我們來看看例句。

> **基本句型**
>
> 母音結尾的名詞＋예요?[ye.yo]
>
> 子音結尾的名詞＋이에요?[i.e.yo]

是朋友嗎？

朋友	是	嗎
chin.gu	ye.yo	

「例句」

친구 예요 ？
親.姑　也.喲

是首爾嗎？

首爾	是	嗎
seo.u	ri.e.yo	

「例句」

서울 이에요 ？
瘦.無　里.也.喲

□ 半語體

　　上對下或親友間的說法「半語體」的疑問句，句型是「名詞＋야?[ya] / 이야? [i.ya]」。也就是在肯定句的句尾加上「？」，發音上揚就行啦。例如：「이건 내 차야. [i.geon.nae.cha.ya] （這是我的車子。）→이건 내 차야?[i.geon.nae.cha.ya] (這是我的車子嗎？)」。

> **基本句型**
>
> 母音結尾的名詞＋야?[ya]
>
> 子音結尾的名詞＋이야?[i.ya]

這是我的車子嗎？

這	我的	車子	是	嗎
i.geon	nae	cha	ya	

「例句」

이건 내 차 야 ？
衣.滾　內　擦　牙

這是我的書嗎？

這	我的	書	是	嗎
i.geon	nae	chae	gi.ya	

「例句」

이건 내 책 이야 ？
衣.滾　內　切　給.牙

□「야 [ya] / 이야 [i.ya]」用在名詞 (特別是人名) 後 , 表示稱呼。
常用於稱呼平輩或對下。

吉珠啊，快到這兒來！

吉珠	啊	快	這兒	到	來
gil.su	ya	ppal.li	i.ri	ro	o.neo.ra

「例句」 길수 야! 빨리 이리 로 오너라.
基兒.樹 牙 八.里 衣.里 樓 喔.樓.拉

整理一下

	名 詞	합니다體	해요體	半語體
母音 結尾	친구 [chin.gu] (朋友)	친구입니까? [chin.gu.im.ni.kka]	친구예요? [chin.gu.ye.yo]	친구야? [chin.gu.ya]
子音 結尾	학생 [hak.saeng](學生)	학생입니까? [hak.saeng.im.ni.kka]	학생이에요? [hak.saeng.i.e.yo]	힉생이아? [hak.saeng.i.ya]

動詞・形容詞的疑問句，也是有「합니다體 [ham.ni.da]」、「해요體 [hae.yo]」跟「半語體」，差別如下。

□합니다體 [ham.ni.da]

禮貌並尊敬的說法「합니다體 [ham.ni.da]」的疑問句，句型是「動詞・形容詞＋ㅂ니까? [b.ni.kka]／습니까? [seum.ni.kka]」（～嗎？）。也就是把「ㅂ니다 [b.ni.da]／합니다 [ham.ni.da]」字尾的「다 [da]」改成「까 [kka]」就行啦！

基本句型
母音結尾的名詞＋ㅂ니까 [b.ni.kka]
子音結尾的名詞＋습니까 [seum.ni.kka]

去→去嗎？

去	去	嗎
ga.da	gam.ni	kka

「例句」 가다 → 갑니 까 ?
　　　　卡.打　　卡母.妮　嘎

明天去學校嗎？

明天	×	學校	×	去	嗎
nae.ir	eun	hak.gyo	e	gam.ni	kka

「例句」 내일 은 학교 에 갑니 까 ?
　　　　內.衣　輪恩　哈.叫　也　卡母.妮　嘎

好吃→好吃嗎？

好吃	好吃	嗎
ma.sit.da	ma.sit.seum.ni	kka

「例句」 맛있다 → 맛있습니 까 ?
　　　　馬.西.打　　馬.西.師母.妮　嘎

台灣料理好吃嗎？

台灣料理	×	好吃	嗎
dae.man.yo.ri	neun	ma.sit.seum.ni	kka

「例句」 대만요리 는 맛있습니 까 ?
　　　　貼.滿.喲.里　能　馬.西.師母.妮　嘎

□해요體 [hae.yo]

客氣但不是正式說法「해요體 [hae.yo]」的疑問句，句型是「動詞・形容詞＋아요？[a.yo] ／어요？[eo.yo]」，只要在「해요體 [hae.yo]」平述句（가요 [ga.yo] 等）的句尾加上「？」，然後發音上揚就行啦！「아 [a]」跟「어 [eo]」長很像，可要小心一點哦！我們來看看例句。

陽母音結尾＋아요 [a.yo]

基本
句型

陰母音結尾＋어요 [eo.yo]

看電視嗎？

電視	×	看	嗎
tel.le.bi.jeo	neur	bwa.yo	

「例句」 텔레비전 을 봐요 ？
貼.淚.比.走　奴　拔.朐

大海遼闊嗎？

大海	×	遼闊	嗎
ba.da	neun	neol.beo.yo	

「例句」 바다 는 넓어요 ？
爬.打　能　男兒.波.朐

什麼叫「陽母音」跟「陰母音」呢？陽母音是向右向上的母音，有「ㅏ、ㅑ、ㅗ、ㅛ、ㅘ」，例如：「살다 [sal.da]（活著）」、「닫다 [dat.da]（關閉）」、「옳다 [ol.ta]（正確）」等；陽母音以外的母音叫「陰母音」有「ㅓ、ㅕ、ㅜ、ㅠ、ㅡ、ㅣ」，例如：「묻다 [mut.da]（埋葬）」、「서다 [seo.da]（站立）」、「재미있다 [jae.mi.it.da]（有趣）」等。

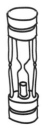

□半語體

上對下或親友間的說法「半語體」的疑問句，只要把「해요體 [hae.yo]」最後的「요 [yo]」去掉，然後句尾加上「？」就行啦！

看電視嗎？

「例句」

大海遼闊嗎？

「例句」

整理一下

動詞・形容詞	합니다體	해요體	半語體
가다 [ga.da] (去)	갑니까？ [gam.ni.kka]	가요？ [ga.yo]	가？[ga]
먹다 [meok.da] (吃)	먹습니까？ [meok.seum.ni.kka]	먹어요？ [meo.geo.yo]	먹어？[meo.geo]
예쁘다 [ye.ppeu.da] (可愛)	예쁩니까？ [ye.ppeum.ni.kka]	예뻐요？ [ye.ppeo.yo]	예뻐？[ye.ppeo]
멀다 [meol.da] (遠的)	멉니까？ [meom.ni.kka]	멀어요？ [meo.reo.yo]	멀어？[meo.reo]

1. 你是台灣人。
   당신은 대만사람이다 .
   → (   ) ?

2. 是上班族。
   회사원이다 .
   → (   ) ?

3. 這個好吃。
   이것은 맛있다 .
   → (   ) ?

4. 這個有趣。
   이것은 재미있다 .
   → (   ) ?

5. 他吃蔬菜。
   그는 야채를 먹다 .
   → (   ) ?

6. 去首爾。
   서울에 가다 .
   → (   ) ?

否定句

　　這一回我們來談談韓語的否定句。要說「我不是韓國人。」「我不去。」「我不喜歡。」的「不是～」，要怎麼說呢？

學習重點及關鍵文法

●名詞的否定句：
가 [ga]/ 이 아니다 [i.a.ni.da]
●動詞・形容詞否定句1：
안 [an] ＋動詞・形容詞
●動詞・形容詞否定句2：
動詞語幹＋지 않다 [ji.an.ta]

基本單字　先記住這些單字喔！

25 CD

韓　文	唸　法	中　譯
□ 나	那 na	我
□ 주부	阻 . 模 ju.bu	主婦
□ 책	娄可 chaek	書
□ 마시다	馬 . 細 . 打 ma.si.da	喝
□ 높다	弄普 . 打 nop.da	高
□ 맵다	沒 . 打 maep.da	辣
□ 남동생	男 . 同 . 先 nam.dong.saeng	弟弟
□ 공부	工 . 樸 gong.bu	念書
□ 걱정	勾 . 窮 geok.jeong	擔心
□ 지금	吉 . 滾 ji.geum	現在
□ 짜다	恰 . 打 jja.da	鹹的

名詞的否定句用「가 [ga]/ 이 아닙니다 [i.a.nim.ni.da]；가 [ga]/ 이 아니예요 [i.a.ni.ye.yo]」，原形是「가[ga]/ 이 아니다[i.a.ni.da]」。相當於中文的「不是～」。很簡單吧！

> **基本句型**
>
> 母音結尾的名詞＋가 아닙니다 [ga.a.nim.ni.da]
>
> 子音結尾的名詞＋이 아닙니다 [i.a.nim.ni.da]

我不是主婦。

我	×	主婦	×	不是
na	neun	ju.bu	ga	a.ni.ye.yo
나	는	주부	가	아니예요.
那	能	阻.樸	卡	阿.妮.也.喲

「例句」

這不是書。

這	×	書	×	不是
i.geo	seun	chae	gi	a.nim.ni.da
이것	은	책	이	아닙니다.
衣.勾	順	切	給	阿.你母.妮.打

|例句」

我們在這裡要學習動詞跟形容詞的兩種否定句。先介紹第一種「안 [an] +動詞・形容詞」。只要在動詞跟形容詞形容詞前面加上「안 [an]」就行啦！簡單吧！只是，有「하다 [ha.da]」的動詞，一般「하다 [ha.da]」前面要接「안 [an]」。常用在會話上。我們來看一下例句。

□안 [an] +動詞

只要在動詞「간다 [gan.da]」（去）、尊敬形的「갑니다 [gam.ni.da]」（去）等平述句前加上「안 [an]」，就行啦！使用「안 [an]」的否定句，是表示由自己的意志，不做該動作。

我不去。

我	×	不	去
na	neun	an	ga.yo

「例句」

나	는	안	가요.
那	能	安	卡.喲

我不喝。

我	×	不	喝
na	neun	an	ma.syeo.yo

「例句」

나	는	안	마셔요.
那	能	安	馬.秀.喲

□안 [an] ＋形容詞

這個不貴。

這個	×	不	貴
i.geo	seun	an	bi.ssa.yo
이것	은	안	비싸요.
衣.勾	順	安	比.撒.喲

「例句」

這個不辣。

這個	不	辣
i.geo	an	mae.wo.yo
이거	안	매워요.
衣.勾	安	每.我.喲

「例句」

□하다 [ha.da] ＋動詞

弟弟不念書。

弟弟	×	念書	不	
nam.dong.seng	eun	gong.bu	an	he.yo
남동생	은	공부	안	해요.
男.同.生	運	工.樸	安	内.喲

「例句」

我不擔心。

我	×	擔心	不	
na	neun	geok.jeong	an	he.yo
나	는	걱정	안	해요.
那	能	勾.窮	安	内.喲

「例句」

61

動詞跟形容詞的第二種否定句 「지 않다 [ji.an.ta]」

只要動詞跟形容詞的語幹加上「지 않습니다 [ji.an.seum.ni.da] / 않아요 [a.na.yo]」原形是「지 않다 [ji.an.ta]」。意思跟上面的「안 [an] +動詞・形容詞」一樣。

□動詞語幹＋지 않다 [ji.an.ta] / 않습니다 [an.seum.ni.da] / 않아요 [a.na.yo]

不去學校。

學校	×	去	不
hak.gyo	e	ga	ji	an.seum.ni.da

「例句」 학교 에 가 지 않습니다 . (가다 : 去)
哈.叫　也　卡　吉　安.師母.妮.打

現在不學習。

現在	學習	不
ji.geum	gong.bu.ha	ji	a.na.yo

「例句」 지금 공부하 지 않아요 . (공부하다 : 學習)
吉.滾　工.樸.哈　吉　阿.那.喲

□形容詞語幹＋지 않다 [ji.an.ta] / 않습니다 [an.seum.ni.da] / 않아요 [a.na.yo]

不鹹。

鹹	不
jja	ji	an.seum.ni.da

「例句」 짜 지 않습니다 . (짜다 : 鹹的)
恰　吉　安.師母.妮.打

不可愛。

可愛	不
ye.ppeu	ji	a.na.yo

「例句」 예쁘 지 않아요 . (예쁘다 : 美麗的)
也.不　吉　阿.那.喲

請用否定句回答下面的問題。（1、2）是禮貌並尊敬的說法；（3～6）是客氣但不正式說法。

1. A: 這是書嗎？　B: 這不是書。

   A : 책이입니까 ? (用 : 아니다)
   B : → (　　　　　　　　　)

2. A: 這個辣媽？　B: 這個不辣。

   A : 이것은 맵습니까 ? (用 : 지 않다)
   B : (　　　　　　　　　)

3. A: 吃肉嗎？　B: 不吃肉。

   A : 고기는 먹어요 ? (用 : 안 + 動詞)
   B : (　　　　　　　　　)

4. A: 現在忙嗎？　B: 現在不忙。

   A : 지금 바빠요 ? (用 : 안 + 形容詞)
   B : (　　　　　　　　　)

5. A: 去韓國嗎？　B: 不去韓國。

   A : 한국에 가요 ? (用 : 지 않다)
   B : (　　　　　　　　　)

韓流天王即將來台會粉絲，為了要和韓星近身接觸擊掌，一定要大喊：「歐巴！這裡！」。這個「這裡」就是指示代名詞了。這一回我們就來介紹一下指示代名詞吧！

學習重點及關鍵文法

● 이 [i]：指離說話者近的人事物
● 그 [geu]：指離聽話者近的人事物
● 저 [jeo]：指說話者跟聽話者都遠的人事物
● 어느 [eo.neu]：指範圍不確定的人事物

基本單字　先記住這些單字喔！

韓 文	唸 法	中 譯
□ 좋아하다	秋.阿.哈.打 jo.a.ha.da	喜歡
□ 건물	滾.母 geon.mul	建築物
□ 학교	哈.叫 hak.gyo	校舍
□ 요리	喲.里 yo.ri	料理
□ 코스	庫.思 ko.seu	套餐
□ 얼마	偶而.馬 eol.ma	多少（錢）
□ 신발	心.拔 sin.bal	鞋子
□ 사과	莎.瓜 sa.gwa	蘋果
□ 빵	幫 ppang	麵包
□ 노트	喔.特 no.teu	筆記本
□ 편의점	騙.妮.窮 pyeo.ni.jeom	便利商店
□ 우체국	無.切.哭 u.che.guk	郵局
□ 화장실	化.張.吸 hwa.jang.sil	廁所

Rule 01 指示代名詞

韓語的指示代名詞，就從「이 [i] (這)，그 [geu] (那)，저 [jeo] (那)，어느 [eo.neu] (哪)」學起吧！

	代名詞	連體詞	事物	場所
近	이 [i] 這 （離自己近）	이 사람 [i.sa.ram] 這位	것 [geot] 這個	여기 [yeo.gi] 這裡
中	그 [geu] 那 （離對方近）	그 사람 [geu.sa.ram] 那位	그것 [geu.geot] 那個	거기 [geo.gi] 那裡
遠	저 [jeo] 那 （離雙方遠）	저 사람 [jeo.sa.ram] 那位	저것 [jeo.geot] 那個	저기 [jeo.gi] 那裡
未知	어느 [eo.neu] 哪（疑問）	어느 분 [eo.neu.bun] 哪位	어느 것 [eo.neu.geot] 哪個	어디 [eo.di] 哪裡

이 [i] 前接名詞，指離說話者近的人事物。
그 [geu] 前接名詞，從說話一方來看，指離聽話者近的人事物。
저 [jeo] 前接名詞，指離說話者跟聽話者都遠的人事物。
어느 [eo.neu] 前接名詞，指範圍不確定的人事物。

這位是誰呢？

這	位	×	誰	是	呢
i	bu	ni	nu.gu	im.ni	kka

「例句」
이	분	이	누구	입니	까?
衣	樸	妮	努.姑	因.妮	嘎

（我）喜歡那個。

那個	×	喜歡
geu.geo	seur	jo.a.ham.ni.da

「例句」
그것	을	좋아합니다.
古.勾	思	兒秋.阿.哈母.妮.打

那棟建築物是我們的校舍。

那棟	建築物	×	我們	校舍	是
jeo	geon.mu	ri	u.ri	hak.ggyo	im.ni.da

「例句」
저	건물	이	우리	학교	입니다.
走	滾.木	里	無.里	哈.叫	因.妮.打

這裡是哪裡呢？

這裡	×	哪裡	是	呢
yeo.gi	neun	eo.di	im.ni	kka

「例句」
여기	는	어디	입니	까?
有.給	能	喔.低	因.妮	嘎

「이 [i] (這)，그 [geu] (那)，저 [jeo] (那)，어느 [eo.neu] (哪)」像連體要後面
必須要接名詞，不能單獨使用，所以又叫指示連體詞。韓國人在喊別人時，也會用「저
[jeo] ～」（喂～），一邊思考一邊說話的，也會說「그 [geu] ～」（嗯～）。

喜歡這道料理。

這道	料理	×	喜歡
i	yo.ri	neun	jo.ha.ham.ni.da

「例句」

이 요리 는 좋아합니다.
衣　啲.里　能　秋.哈.哈母.妮.打

那份套餐多少錢？

那份	套餐	×	多少錢
geu	ko.seu	neun	eol.ma.ye.yo

「例句」

그 코스 는 얼마예요？
古　庫.思　能　偶而.馬.也.啲

那雙鞋多少錢？

那雙	鞋	×	多少錢
jeo	sin.ba	reun	eol.ma.ye.yo

「例句」

저 신발 은 얼마예요？
走　心.爬　輪恩　偶而.馬.也.啲

喜歡哪本書呢？

哪本	書	×	喜歡	呢
eo.neu	chae	geur	joh.a.ham.ni	kka

「例句」

어느 책 을 좋아합니 까？
喔.呢　切　古兒　秋.哈.哈母.妮　嘎

將「이 [i]、그 [geu]、저 [jeo]、어느 [eo.neu]」加上表示事物的「것 [geot]」就成爲事物指示代名詞「이것 [i.geot]、그것 [geu.geot]、저것 [jeo.geot]、어느것 [eo.neu.geot]」，來指示事物。

這是蘋果。

這	×	蘋果	是
i.geo	seun	sa.gwa	im.ni.da

「例句」

이것 은 사과 입니다 .
衣.勾　順　莎.瓜　因.妮.打

那很貴嗎？

那	×	很貴嗎？
geu.geo	seun	bi.ssa.yo

「例句」

그것 은 비싸요 ?
古.勾　順　比.撒.喲

那不是麵包。

那	×	麵包	×	不是
jeo.geo	seun	ppang	i	a.ni.ye.yo

「例句」

저것 은 빵 이 아니예요 .
走.勾　順　幫　衣　阿.妮.也.喲

筆記本是哪個？

筆記本	×	哪個	是	？
no.teu	neun	eo.neu.geo	sim.ni	kka

「例句」

노트 는 어느것 입니 까 ?
奴.特　能　喔.呢.勾　心.妮　嘎

場所指示代名詞，有些不一樣，「여기 [yeo.gi]、거기 [geo.gi]、저기 [jeo.gi]、어디 [eo.di]」。

哥哥！（看）這裡！

哥哥	這裡
o.ppa	yeo.gi.yo

「例句」 **오빠 ~** 歐.巴 **여기요!** 有.給.喲

這裡是首爾。

這裡	X	首爾	是
yeo.gi	neun	seo.u	rim.ni.da

「例句」 **여기** 有.給 **는** 能 **서울** 廋.無 **입니다.** 林.妮.打

那裡是便利商店。

那裡	X	便利商店	是
geo.gi	neun	pyeo.ni.jeo	mi.ye.yo

「例句」 **거기** 勾.給 **는** 能 **편의점** 騙.妮.走 **이예요.** 迷.也.喲

那裡是郵局。

那裡	×	郵局	是
jeo.gi	neun	u.che.gu	gi.e.yo

「例句」 저기 는 우체국 이에요 .

走.給 能 無.切.姑 給.也.喲 .

廁所在哪裡？

廁所	×	哪裡	在	呢
hwa.jang.si	reun	eo.di	im.ni	kka

「例句」 화장실 은 어디 입니 까 ?

化.張.細 輪恩 喔.低 因.妮 嘎

請從下面的語群中,選出指示代名詞,填入( )
完成韓語句子。

1. 那本書是教科書嗎?

(　　　　　　) 책은 교과서입니까?

2. 這叫什麼魚?

(　　　　　　) 생선은 뭐예요?

3. 那是 500 韓元。

(　　　　　　) 은 500 원입니다.

4. 那是誰的?

(　　　　　　) 은 누구 것입니까?

5. 這裡是學校。

(　　　　　　) 는 학교입니다.

6. 那裡是車站。

(　　　　　　) 가 역입니다.

語群

그것, 저기, 그, 저것, 여기, 이

ANSWER
答案

1. 그 책은 교과서입니까?
2. 이 생선은 뭐예요?
3. 그것은 500 원입니다.

4. 저것은 누구 것입니까?
5. 여기는 학교입니다.
6. 저기가 역입니다.

存在詞

這一回我們來介紹韓語的存在詞。存在詞就是表示有某人事物或是沒有某人事物的詞。

學習重點及關鍵文法

● 在、有：名詞＋助詞＋있다 [it.da]
（助詞指：이 [i]、가 [ga]、는 [neun]、은 [eun] 等）
● 不在、沒有：名詞＋助詞＋없다 [eop.da]
（助詞指：이 [i]、가 [ga]、는 [neun]、은 [eun] 等）

34 CD

基本單字	先記住這些單字喔！	

韓 文	唸 法	中 譯
□ 카드	卡 . 都 ka.deu	卡片
□ 집	幾 jip	家
□ 개	給 gae	狗
□ 맥주	妹 . 阻 maek.ju	啤酒
□ 형제	玄 . 姊 hyeong.je	兄弟
□ 고양이	姑 . 楊 . 衣 go.yang.i	貓
□ 가방	卡 . 胖 ga.bang	書包
□ 연필	由 . 皮兒 yeon.pil	鉛筆
□ 백화점	配 . 瓜 . 窮 bae.kwa.jeom	百貨公司
□ 흰색	很 . 誰個 hin.saek	白色

Rule 01　있다 [it.da]（有）：表示有某人事物存在

表示有某人事物存在，韓語用「있다 [it.da]」。禮貌並尊敬的說法是「있습니다 [it. seum.ni.da]」，客氣但不是正式的說法是「있어요 [i.sseo.yo]」。

這裡有。

這裡	有
yeo.gi	it.seum.ni.da

「例句」
여기　있습니다.
有．給　乙．師母．妮．打

有卡片。

卡片	有
ka.deu	i.sseo.yo

「例句」
카드　있어요.
卡．都　衣．手．喲

家裡有狗。

家	在	狗	×	有
ji	be	gae	ga	it.da

「例句」
집　에　개　가　있다.
吉　杯　給　卡　乙．打

那麼，我們來看看在句子裡要怎麼活用呢？

原 形	極 尊 敬	尊 敬	極尊敬的疑問形	尊敬的疑問形
있다 [it.da]	있습니다 [it.seum.ni.da]	있어요 [i.sseo.yo]	있습니까？ [it.seum.ni.kka]	있어요？ [i.sseo.yo]
有	有	有	有嗎？	有嗎？

有啤酒。

啤酒	×	有
maek.ju	ga	it.seum.ni.da

「例句」 **맥주 가 있습니다.**
妹.阻　卡　乙.師母.妮.打

有兄弟。

兄弟	×	有
hyeong.je	ga	it.seum.ni.da

「例句」 **형제 가 있습니다.**
玄.姊　卡　乙.師母.妮.打

家裡有貓。

家裡	在	貓	×	有
ji	be	go.yang.i	ga	i.sseo.y

「例句」 **집 에 고양이 가 있어요.**
吉　杯　姑.楊.衣　卡　衣.手.喲

有便利商店嗎？

便利商店	×	有	嗎
pyeo.ni.jeo	mi	it.seum.ni	kka

「例句」 **편의점 이 있습니 까?**
騙.妮.走　迷　乙.師母.妮　嘎

也有狗嗎？

狗	也	有嗎
gae	do	i.sseo.yo

「例句」 **개 도 있어요?**
給　土　衣.手.喲

74

Rule 02 없다 [eop.da] (沒有) : 表示沒有某人事物的存在 36 CD

表示沒有某人事物的存在,韓語用「없다 [eop.da]」。禮貌並尊敬的說法是「없습니다 [eop.seum.ni.da]」,客氣但不是正式的說法是「없어요 [eop.seo.yo]」。

沒有學生。

學生	×	沒有
hak.saeng	i	eop.seum.ni.da

「例句」

학생 이 없습니다 .
哈.先 衣 歐不.師母.妮.打

書包裡沒有書。

書包	在	書	×	沒有
ga.bang	e	chae	gi	eop.seo.yo

「例句」

가방 에 책 이 없어요 .
卡.胖 也 切 給 歐不.瘦.喲

這裡沒有鉛筆。

這裡	在	鉛筆	×	沒有
yeo.gi	e	yeon.pi	ri	eop.da

「例句」

여기 에 연필 이 없다 .
有.給 也 由.匹 里 歐不.打

75

* 經常跟없다 [eop.da]（沒有）一起用的單字「아무도 [a.mu.do]」（誰也）、「아무것도 [a.mu.geot.do]」（什麼也）、「하나도 [ha.na.do]」（一個也）等，也一並記下來吧！

沒有人在。

誰	也	不在
a.mu	do	eop.seum.ni.da

「例句」 **아무 도 없습니다**.
　　　　有.給　也　歇不.師母.妮.打

什麼也沒有。

什麼	也	沒有
a.mu.geot	do	eop.seum.ni.da

「例句」 **아무것 도 없습니다**.
　　　　阿.木.勾　土　歇不.師母.妮.打

那麼，我們來看看在句子裡要怎麼活用呢？

原 形	極 尊 敬	尊 敬	極尊敬的疑問形	尊敬的疑問形
없다	없습니다	없어요	없습니까？	없어요？
[eop.da]	[eop.seum.ni.da]	[eop.seo.yo]	[eop.seum.ni.kka]	[eop.seo.yo]
沒有	沒有	沒有	沒有嗎？	沒有嗎？

沒有百貨公司。

百貨公司	×	沒有
bae.kwa.jeo	mi	eop.seum.ni.da

「例句」

백화점	이	없습니다	.
配.瓜.走	迷	歐不.師母.妮.打	

沒有朋友嗎？

朋友	×	沒有	嗎
chin.gu	ga	eop.seum.ni	kka

「例句」

친구	가	없습니	까 ?
親.姑	卡	歐不.師母.妮	嘎

沒有白色的。

白色的	×	沒有嗎
hin.sae	geun	eop.seo.yo

「例句」

흰색	은	없어요 ?
很.誰	滾	歐不.覆.啲

沒有記憶嗎？

記憶	×	沒有	嗎
gi.eo	gi	eop.seum.ni	kka

「例句」

기억	이	없습니	까 ?
給.喔	給	歐不.師母.妮	嘎

1. 這裡有鉛筆。

여기에 연필이 (　　　　　).

2. 那裡有汽車嗎？

저기에 자동차가 (　　　　　).

3. 有學生嗎？

학생이 (　　　　　) ?

4. 沒有綠茶。

녹차는 (　　　　　).

5. 這裡沒有百貨公司嗎？

여기에는 백화점이 (　　　　　).

6. 一個也沒有嗎？

하나도 (　　　　　) ?

語群

있습니다 , 있습니까 , 없습니다 , 없습니까

ANSWER
答案

1. 여기에 연필이 있습니다 .
2. 저기에 자동차가 있습니까?
3. 학생이 있습니까?

4. 녹차는 없습니다 .
5. 여기에는 백화점이 없습니까?
6. 하나도 없습니까?

專程飛到韓國看演唱會的人一定不少吧！到了韓國，跟韓國人說「我從台灣來的」，這裡的「從〜」就是這一回我們要介紹的助詞。韓語跟日語一樣，主詞或受詞等後面都要加一個像小婢女一樣的助詞。

學習重點及關鍵文法

● 에 [e] ＝給〜，去〜
● 에서 [e.seo] ＝在某處〜，從〜
● 로 [ro] ＝用〜
● 와 [wa]，과 [gwa] ＝〜同〜
● 부터 [bu.teo] 〜까지 [kka.ji] ＝ 從〜到〜

基本單字 先記住這些單字喔！

韓 文	唸 法	中 譯
□ 유원지	友.旺.吉 yu.won.ji	遊樂園
□ 논다	農.打 non.da	遊玩
□ 도서관	土.瘦.光 do.seo.gwan	圖書館
□ 출발	糗.拔 chul.bal	出發
□ 나라	那.郎 na.ra	國家
□ 쓰다	射.打 sseu.da	書寫
□ 손	鬆 son	手
□ 차	擦 cha	茶
□ 우유	無.友 u.yu	牛奶
□ 약	牙 yak	藥品
□ 컵	摳撲 keop	玻璃杯
□ 맛있다	馬.西.打 ma.sit.da	好吃
□ 부산	樸.三 bu.san	釜山

Rule 01 에 [e], 에게 [e.ge], 한테 [han.te] （給～，去～）：表示對象

表示動作、作用的對象或方向，有助詞「에 [e]、에게 [e.ge]、한테 [han.te]」，可以分為對象是物品用「에 [e]」；對象是有生命的人或動物用「에게 [e.ge]、한테 [han.te]」，會話時大多用「한테 [han.te]」。不會因為前接詞的結尾是子音或母音而產生變化。相當於中文的「給～，去～，往～」。

去首爾。

首爾	往	去
seo.u	re	gam.ni.da

「例句」
서울	에	갑니다 .
瘦.無	淚	卡母.妮.打

給我

我	給
na	e.ge

「例句」
나	에게
那	也.給

---

02 에서 [e.seo] （在某處～）：表示場所

「에서 [e.seo]」表示動作進行的場所。「에서 [e.seo]」不會因為前接詞的結尾是子音或母音而產生變化。相當於中文的「在某處～」。

在遊樂園遊玩。

遊樂園	在	遊玩
yu.won.ji	e.seo	no.rat.seum.ni.da

「例句」
유원지	에서	놀았습니다 .
友.旺.吉	也.瘦	喔.啦特.師母.妮.打

在圖書館讀書。

圖書館	在	讀書
do.seo.gwa	ne.seo	gong.bu.hae.yo

「例句」
도서관	에서	공부해요 .
土.瘦.瓜	內.瘦	工.樸.黑.喲

□ 에서 [e.seo] 也表示場所

「에서 [e.seo]」也表示動作的起點。相當於中文的「從〜」。

從東京出發。

東京	從	出發
do.kyo	e.seo	chul.bal.ham.ni.da
도쿄	에서	출발합니다.
土.給優	也.瘦	糗.拔.哈母.妮.打

「例句」

來自哪個國家呢？

哪個	國家	自	來呢
eo.neu	na.ra	e.seo	wa.sseo.yo
어느	나라	에서	왔어요？
喔.呢	那.郎	也.瘦	娃.手.喲

「例句」

03　로 [ro], 으로 [eu.ro] （以〜，用〜，搭〜）：表示手段

「로 [ro], 으로 [eu.ro]」是表示行動的手段和方法。相當於中文的「以〜，用〜，搭〜」。

> **基本句型**
>
> 母音結尾的名詞＋로 [ro]
>
> 子音結尾的名詞＋으로 [eu.ro]

從台灣坐飛機來的。

台灣	從	飛機	坐	來的
dac.ma	ne.seo	bi.haeng.gi	ro	wa.sseo.yo
대만	에서	비행기	로	왔어요.
貼.馬	內.瘦	比.狠.給	樓	娃.手.喲

「例句」

用手寫。

手	用	寫
so	neu.ro	sseum.ni.da
손	으로	씁니다.
嫂	呢.樓	順.妮.打

「例句」

81

「와 [wa], 과 [gwa]」表示連接兩個同類名詞的並列助詞。相當於中文的「和～，跟～，同～」。

> 基本句型
> 母音結尾的名詞＋와 [wa]
>
> 子音結尾的名詞＋과 [gwa]

茶跟牛奶

茶	跟	牛奶
cha	wa	u.yu

「例句」

차 와 우유
擦 娃 無.友

藥品跟玻璃杯

藥品	跟	玻璃杯
yak	gwa	keop

「例句」

약 과 컵
牙 瓜 摳撲

Rule 05

도 [do] (也~，還~)：表示包含

「도 [do]」是表示包含關係的助詞，表示兩個以上的事物或狀況。「도 [do]」不會因為前接詞的結尾是子音或母音而產生變化。相當於中文的「也~，還~」。

「例句」

我也是學生。

我	也	學生	是
na	do	hak.saeng	i.e.yo

나 도 학생 이에요 .
那　土　哈.先　衣.也.齁

「例句」

這個也好吃。

這個	也	好吃
i.geot	do	ma.si.sseo.yo

이것 도 맛있어요 .
衣.勾　土　馬.細.手.齁

---

06 부터 [bu.teo] ~까지 [kka.ji] ~ (從~到~)：表示時間的起點跟終點

表示時間的起點跟終點用「~부터 [bu.teo] ~까지 [kka.ji]」，如果要表示場所的起點跟終點用「~에서 [e.seo] ~까지 [kka.ji]」。

「例句」

上課從 10 點到 11 點。

10 點	從	11 點	到	上課
yeor.si	bu.teo	yeol han.si	kka.ji	su.eo.bim.ni.da

열시 부터 열한시 까지 수업입니다 .
優兒.細　樸.拖　又.韓.細　嘎.吉　樹.喔.冰.妮.打

「例句」

開車從首爾到釜山。

首爾	從	釜山	到	開車
seo.u	re.seo	bu.san	kka.ji	un.jeon.ham.ni.da

서울 에서 부산 까지 운전합니다 .
瘦.無　淚.瘦　樸.三　嘎.吉　恩.怎.哈母.妮.打

PRACTICE 練習 請從下面的語群中，選出存在詞，填入（ ）完成韓語句子。可以重複選兩次。

1. 給台灣打電話。

대만 （ 　 ） 전화 해요.

2. 在市場買東西。

시장 （ 　 ） 샀어요.

3. 用電子郵件回信。

메일 （ 　 ） 답장을 했습니다.

4. 錢跟錢包弄丟了。

돈 （ 　 ） 지갑을 잃어버렸습니다.

5. 從首爾開車到釜山。

서울 （ 　 ） 부산 （ 　 ） 운전 합니다.

語群

과 , 로 , 에 , 까지 , 에서

 ANSWER 答案

1. 대만에 전화 해요.
2. 시장에서 샀어요.
3. 메일로 답장을 했습니다.
4. 돈과 지갑을 잃어버렸습니다.
5. 서울에서 부산까지 운전합니다.

PART 3

打好韓語基礎

名詞・動詞・形容詞的過去式

終於來到過去式了,表示過去的經驗的,例如:「那齣韓劇太棒啦!」要怎麼說呢?這一回我們就來介紹韓語名詞・動詞・形容詞的過去式,其實很簡單哦!

學習重點及關鍵文法

● 名詞:注意前接詞的結尾
● 名詞:表示過去的였다 [yeot.da]/이었다 [i.eot.da]
● 動詞・形容詞:重點在陽母音・陰母音
● 動詞・形容詞:表示過去的았 [at] /었 [eot]

基本單字 先記住這些單字喔!

韓 文	唸 法	中 譯
□ 선수	松.樹 seon.su	選手
□ 생일	先.憶兒 saeng.il	生日
□ 알다	愛.打 al.da	知道
□ 먹다	摸.姑.打 meok.da	吃
□ 쓰다	射.打 sseu.da	寫
□ 춥다	抽譜.打 chup.da	寒冷的
□ 드라마	都.郎.馬 deu.ra.ma	連續劇
□ 그때	古.蔘 geu.ttae	那時候
□ 택시	特.細 taek.si	計程車
□ 공항	工.航 gong.hang	機場

名詞的過去式，會根據前接詞的結尾是子音或母音而產生變化。原形是「였다 [yeot. tta]/ 이었다 [i.eot.tta]」，禮貌並尊敬的說法是「였습니다 [yeot.sseum.ni.da]/ 이었습니다 [i.eot.seum.ni.da]」，客氣但不是正式的說法是「였어요 [yeo.sseo.yo]/ 이었어요 [i.eo. sseo.yo]」，隨便的說法是「였어 [yeo.sseo]/ 이었어 [i.eo.sseo]」。相當於中文的「（過去）是～；（曾經）是～」。

>
> 基本
> 句型
> 母音結尾的名詞＋였다 [yeot.tta]
> 子音結尾的名詞＋이었다 [i.eot.tta]

例句

■ 曾經是選手。

seon.s u   seon.s u   yeot.d a   seon.su.yeot.d a
선 수 (選手) → 선 수 ＋ 였 다 . ＝ 선수였다 .

■ 「那天」是生日。

saeng. i r   saeng. i r   i .eot.d a   saeng. i .ri.eot.d a
생 일 (生日) → 생 일 ＋ 이었 다 . ＝ 생일이었다 .

昨天生日。

昨天	×	生日	過
eo.je	ga	saeng.i	ri.eot.da

「例句」
어제 가 생일 이었다 .
喔.姊　卡　先.衣　里.歐特.打

那時候，我不是學生。

那時候	我	學生	×	不是
geu.ttae	nan	hak.saeng	i	a.ni.eo.sseo.yo

「例句」
그때 난 학생 이 아니었어요 .
古.쫑　難　哈.先　衣　阿.妮.喔.手.喲

以上面的例子來作「합니다體、해요體、半語體」的話，變化如下：

	합니다體	해요體	半語體
선수 [seon.su] (選手) →	선수였습니다. [seon.su.yeot.seum.ni.da]	선수였어요. [seon.su.yeo.sseo.yo]	선수였어. [seon.su.yeo.sseo]
생일 [saeng.ir] (生日) →	생일이었습니다. [saeng.i.ri.eot.seum.ni.da]	생일이었어요. [saeng.i.ri.eo.sseo.yo]	생일이었어. [saeng.i.ri.eo.sseo]

02　動詞 · 形容詞的過去式

　　動詞 · 形容詞的過去式要怎麼活用呢？那就看語幹的母音是陽母音，還是陰母音來決定了。只要記住陽母音就接「았 [at]」（裡面有「ㅏ」也是陽母音），陰母音就接「었 [eot]」（裡面有「ㅓ」是陰母音），就簡單啦！

基本句型

> 語幹是陽母音＋았다 [at.tta]
>
> 語幹是陰母音＋었다 [eot.tta]

■ **知道了。**

　알다 (知道) → 알 (ㅏ是陽母音) → 알 + 았다 = 알 았다.
　al.da　　　　　　ar　　　　　　　　ar　at.da　　a rat.da

■ **吃了。**

　먹 다 (吃) → 먹 (ㅓ是陰母音) → 먹 + 었다 = 먹 었다.
　meok.dda　　　meog　　　　　　meog　geot.da　meog.eot.da

■ **寫了。**

　쓰 다 (寫) → 쓰 (ㅡ是陰母音) → 쓰 + 었다 = 쓰었다 (省略為 썼 다)
　sseu.da　　　sseu　　　　　　　sseu eot.da sseu.eot.da　　　sseot.da

■ **正確了。**

　옳다 (正確的) → 옳 (ㅗ是陽母音) → 옳 + 았다 = 옳았다.
　ol.da　　　　　ol　　　　　　　　ol　at.da　o.lat.da

■ **(過去) 寒冷。**

　춥 다 (寒冷的) → 춥 (ㅜ是陰母音) → 춥 + 었다 = 추웠다.
　chup.da　　　　chub　　　　　　chub eot.da chu.wot.da

買了土產。

土產	✕	買了
seon.mu	reur	sat.seum.ni.da

「例句」

선물 을 샀습니다.
松.木　路　殺特.師母.妮.打

坐計程車去了機場。

機場	到	計程車	坐	去了
gong.hang	kka.ji	taek.si	ro	ga.sseo.yo

「例句」

공항 까지 택시 로 갔어요.
工.航　嘎.吉　特.細　樓　卡.手.喲

連續劇太棒啦！

連續劇	✕	太棒啦
deu.ra.ma	ga	hul.lyung.hae.sseo.yo

「例句」

드라마 가 훌륭했어요!
都.郎.馬　卡　呼兒.流.黑.手.喲

以上面的例子來作「합니다體、해요體、半語體」的話，變化如下：

	합 니 다 體	해 요 體	半 語 體
알았다 [ar.at.da] (知道) →	알았습니다 . [a.rat.seum.ni.da]	알았어요 . [a.ra.sseo.yo]	알았어 . [a.ra.sseo]
먹었다 [meog.eot.dda] (吃) →	먹었습니다 . [meo.geot.seum.ni.da]	먹었어요 . [meo.geo.sseo.yo]	먹있어 . [meo.geo.sseo]
썼다 [sseot.da] (寫) →	썼습니다 . [sseot.seum.ni.da]	썼어요 . [sseo.sseo.yo]	썼어 . [sseo.sseo]

1. 昨天

   어제 → (   )

2. 學生

   학생 → (   )

3. 去

   가다 → (   )

4. 來

   오다 → (   )

5. 好的

   좋다 → (   )

1. 看 →해요體→半語體

   봤습니다 → (   ) → (   )

2. 活的 →해요體→半語體

   살았습니다 → (   ) → (   )

ANSWER
答案

(1)		(2)
1. 어제였다	4. 왔다	1. 봤어요→봤어
2. 학생이었다	5. 좋았다	2. 살았어요→살았어
3. 갔다		

STEP 2 疑問代名詞

　　看到自己喜歡的偶像，在舞台上努力帶給大家前所未見的視覺與聽覺享受，見面會的時候，一定有很多問題要問的吧！譬如：「初戀是什麼時候？」的疑問代名詞「什麼時候」。這一回我們來介紹一下韓語 5W1H 的疑問代名詞。

學習重點及關鍵文法

- ●언제 [eon.je] = **什麼時候**（when）
- ●어디 [eo.di] = **哪裡**（where）
- ●누구 [nu.gu] = **誰**（who）
- ●무엇 [mu.eot] = **什麼**（what）
- ●왜 [wae] = **為什麼**（why）
- ●어떻게 [eo.tteo.ke] = **怎麼**（how）

基本單字	先記住這些單字喔！

韓 文	唸 法	中 譯
□ 생일	先.憶兒 saeng.il	生日
□ 영화관	用.化.光 yeong.hwa.gwan	電影院
□ 누구	努.姑 nu.gu	誰
□ 저	走 jeo	那位
□ 여성	有.松 yeo.seong	女性
□ 먹다	摸.姑.打 meok.da	吃
□ 오다	喔.打 o.da	來
□ 좋아해	秋.阿.黑 jo.a.hae	喜歡
□ 말하다	馬.哈.打 mal.ha.da	說

언제 [eon.je] ＝什麼時候

48 CD

相當於英文的「when」。表示不確定時間的疑問代名詞。

初戀是什麼時候呢？

初戀	×	什麼時候	是呢
cheot.sa.rang	eun	eon.je	ye.yo

「例句」 첫사랑 은 언제 예요?
秋.莎.郎　運　恩.姊　也.喲

生日是什麼時候？

生日	×	什麼時候	是	呢
saeng.i	reun	eon.je	im.ni	kka

「例句」 생일 은 언제 입니 까?
先.衣　輪恩　恩.姊　因.妮　嘎

---

02 어디 [eo.di] ＝哪裡

49 CD

相當於英文的「where」。這是詢問場所的疑問代名詞。禮貌並尊敬的說法是「어디 [eo.di]＋입니까? [im.ni.kka]」，客氣但不是正式的說法是「어디 [eo.di]＋예요 [ye.yo]?」

在哪裡呢？

哪裡	在呢
eo.di	ye.yo

「例句」 어디 예요?
喔.低　也.喲

電影院在哪裡呢？

電影院	×	哪裡	在	呢
yeong.hwa.gwa	neun	eo.di	im.ni	kka

「例句」 영화관 은 어디 입니 까?
用.化.瓜　能　喔.低　因.妮　嘎

Rule 03 | 누구 [nu.gu] = 誰

相當於英文的「who」。這是詢問人的疑問代名詞。如果用「～是誰呢？」這個句型的話，前面的助詞是「母音結尾 + 는 [neun]；子音結尾 + 은 [eun]」。

是誰呢？

誰	是呢
nu.gu.	se.yo

「例句」 누구 세요 ?
努.姑. 誰.喲

那位女性是誰呢？

那位	女性	×	誰	是	呢
jeo	yeo.seong	eun	nu.gu	im.ni	kka

「例句」 저 여성 은 누구 입니 까 ?
走 有.松 運 努.姑 因.妮 嘎

---

04 무엇 [mu.eot] = 什麼

相當於英文的「what」。這是詢問某事物的疑問代名詞。「무엇 [mu.eot]」代替名稱或情況不明瞭的事物。

是什麼呢？

什麼	是	呢
mu.eo	sim.ni	kka

「例句」 무엇 입니 까 ?
木.喔 心.妮 嘎

吃什麼呢？

什麼	×	吃呢
mu.eo	seur	meo.geo.yo

「例句」 무엇 을 먹어요 ?
木.喔 思兒 末.勾.喲

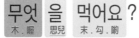

93

相當於英文的「why」。用在問句中，來詢問理由的疑問代名詞。

為什麼不來呢？

為什麼	不	來呢
wae	an	wa.yo

「例句」

왜	안	와요?
為	安	娃.喲

為什麼喜歡呢？

為什麼	喜歡	呢
wae	jo.a.ham.ni	kka

「例句」
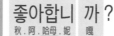
왜	좋아합니	까?
為	秋.阿.哈母.妮	嘎

---

06 어떻게 [eo.tteo.ke] = 怎麼

 53 CD

相當於英文的「how」。用在問句中，詢問用什麼方法、怎麼做疑問代名詞。

韓國要怎麼去呢？

韓國	×	怎麼	去	呢
han.gu	geun	eo.tteo.ke	gam.ni	kka

「例句」
한국	은	어떻게	갑니	까?
韓.姑	滾	喔.豆.客	卡母.妮	嘎

要怎麼說呢？

怎麼	說呢
eo.tteo.ke	mal.hae.yo

「例句」
어떻게	말해요?
喔.豆.客	馬.黑.喲

PRACTICE 練習 請從下面的語群中，選出存在詞，填入（ ）完成韓語句子。

1. 什麼時候去看電影？

（　　　　） 영화를 봅니까？

2. 去哪裡呢？

（　　　　） 가세요？

3. 看到誰了？

（　　　　）를 봤습니까？

4. 有什麼事（東西）嗎？

（　　　　）가 있습니까？

5. 為什麼喜歡他呢？

（　　　　） 그를 좋아합니끼？

6. 怎麼去呢？

（　　　　） 갑니까？

語群
왜 , 어떻게 , 누구 , 뭐 , 어디 , 언제

 ANSWER 答案
1. 언제 영화를 봅니까？
2. 어디 가세요？
3. 누구를 봤습니까？

4. 뭐가 있습니까？
5. 왜 그를 좋아합니까？
6. 어떻게 갑니까？

單純的尊敬語

這一回我們來看尊敬語。韓國深受儒家思想的影響，非常重視敬老尊賢的。但是，韓語的尊敬語跟日語比起來，單純多了。

學習重點及關鍵文法

● 「ㅅ」是作尊敬語的主角
● 語幹 +(으) 십니다 [(eu).sim.ni.da]
　＝您做～ / 您是～

| 基本單字 | 先記住這些單字喔！ | |

韓 文	唸 法	中 譯
☐ 한국 사람	韓．姑．莎．郎 han.gug.sa.ram	韓國人
☐ 사장	莎．張 sa.jang	社長
☐ 오늘	喔．努兒 o.neul	今天
☐ 바쁘다	爬．不．打 ba.ppeu.da	忙
☐ 따님	大．你母 tta.nim	女兒
☐ 가다	卡．打 ga.da	去
☐ 노래	喔．雷 no.rae	歌
☐ 좋아해	秋．阿．黑 jo.a.hae	喜歡
☐ 책	妾可 chaek	書
☐ 읽다	一刻．打 ilk.da	讀（書）

那麼我們從「是韓國人」改成「您是韓國人」。

是韓國人。

韓國	人	是
han.gug	sa.ra	mi.da

「例句」

한국　사람　이다.
韓.姑　莎.郎　迷.打

↓

您是韓國人。

韓國	人	您是
han.gug	sa.ra	mi.si.da

「例句」

한국　사람　이시다.
韓.姑　莎.郎　迷.細.打

去掉語尾的「다 [da]」就是語幹啦！尊敬語的作法是「語幹＋시 [si] ＋다 [da]」只加入「시 [si]」在語幹結尾的「이 [i]」跟「다 [da]」之間就成爲尊敬語了。但這樣還不行，我們要用在會話上。回想一下禮貌並尊敬的說法的是「是～」的說法，是那一個呢？「ㅂ니다 [b.ni.da]」，對了！我們來加上去看看。

您是韓國人。

韓國	人	您是
han.gug	sa.ra	mi.si.da

「例句」

한국　사람　이시다.
韓.姑　莎.郎　迷.細.打

↓

您是韓國人。

韓國	人	您是
han.gug	sa.ra	mi.sim.ni.da

「例句」

한국　사람　이십니다.
韓.姑　莎.郎　迷.心.妮.打

客氣但不是正式的說法的「해요體 [hae.yo]」的「요 [yo]」，如果加上去會怎麼樣呢？
在活用上一般是「시 [si]＋어요 [eo.yo]＝셔요 [syeo.yo]」，但是一般大都用「세요
[se.yo]」。

您是韓國人。

韓國	人	您是
han.gug	sa.ra	mi.se.yo

「例句」

한국 사람 이세요.
韓.姑　莎.郎　迷.誰.喲

形容詞的尊敬語

56

那麼我們從「漂亮」改成「您很漂亮」。

漂亮。

漂亮
ye.ppeu.da

「例句」

예쁘다.
也.不.打

↓

您很漂亮。

您很漂亮
ye.ppeu.si.da

「例句」

예쁘시다.
也.不.細.打

98

去掉語尾的「다 [da]」就是語幹啦！尊敬語的作法是「語幹＋시 [si]＋다 [da]」只加入「(으) 시 [(eu) .si]」在語幹結尾的「쁘 [ppeu]」跟「다 [da]」之間就成爲尊敬語了。但這樣還不行，我們要用在會話上。回想一下禮貌並尊敬的說法的「是～」的說法，是那一個呢？「ㅂ니다 [b.ni.da]」，對了！我們來加上去看看。

您很漂亮。

您很漂亮
ye.ppeu.si.da

「例句」 예쁘시다 .
也.不.細.打

↓

您很漂亮。

您很漂亮
ye.ppeu.sim.ni.da

「例句」 예쁘십니다 .
也.不.心.妮.打

可以說「語幹 + 십니다 [sim.ni.da]」是形容詞的尊敬語的基本表現。

> 基本句型
> 語幹是母音結尾 + 십니다 [sim.ni.da]
> 語幹是子音結尾 + 으십니다 [eu.sim.ni.da]

社長您今天很忙。

社長	×	今天	您很忙
sa.jang.ni	meun	o.neur	ba.ppeu.sim.ni.da

「例句」

사장님 은 오늘 바쁘십니다 .
莎.張.妮　運　喔.奴　杷.不.心.妮.打

客氣但不是正式的說法的「해요體 [hae.yo]」的「아 [a]/ 어요 [eo.yo]」，如果加上去會怎麼樣呢？

您很漂亮。

您很漂亮
ye.ppeu.se.yo

「例句」 예쁘세요.
也.不.誰.喲

在活用上一般是「시 [si] ＋어요 [eo.yo] ＝셔요 [syeo.yo]」，但一般大都用「(으) 세요 [(eu) .se.yo]」。

基本
句型
語幹是母音結尾 + 세요 [syeo.yo]

語幹是子音結尾 + 으세요 [(eu) .se.yo]

您女兒真漂亮。

您女兒   ×   真漂亮
tta.ni   mi   ye.ppeu.se.yo

「例句」 따님   이   예쁘세요.
大.妮   迷   也.不.誰.喲

那麼我們從「去」改成「您去」。

去。

去
ga.da

「例句」 가다.
　　　卡.打

↓

您去嗎？

您去嗎
ga.si.da

「例句」 가시다?
　　　卡.細.打

去掉語尾的「다 [da]」就是語幹啦！尊敬語的作法是「語幹＋시 [si] ＋다 [da]」只加入「(으) 시 [(eu) .si]」在語幹結尾的「가 [ga]」跟「다 [da]」之間就成為尊敬語了。但這樣還不行，我們要用在會話上。回想一下禮貌並尊敬的說法的說法，是那一個呢？「ㅂ니다 [b.ni.da]」，對了！我們來加上去看看。

您去嗎？

您去嗎
ga.si.da

「例句」 가시다?
　　　卡.細.打

↓

您去嗎？

您去嗎
ga.sim.ni.da

「例句」 가십니다?
　　　卡.心.妮.打

可以說「語幹＋십니다 [sim.ni.da]」是動詞的尊敬語的基本表現。

基本句型
語幹是母音結尾 ＋ 십니다 [sim.ni.da]
語幹是子音結尾 ＋ 으십니다 [eu.sim.ni.da]

您去韓國嗎？

韓國	×	您去	嗎
han.gu	ge	ga.sim.ni	kka

「例句」
한국 에 가십니 까?
韓.姑　給　卡.心.妮　嘎

您喜歡韓國歌嗎？

韓國	歌	您喜歡	嗎
han.gung	no.rae	jo.a.ha.sim.ni	kka

「例句」
한국 노래 좋아하십니 까?
韓.姑恩　喔.雷　秋.阿.哈.心.妮　嘎

您看韓國書嗎？

韓國	書	×	您看	嗎
han.gu.geo	chae	geur	il.geu.sim.ni	kka

「例句」
한국어 책 을 읽으십니 까?
韓.姑.勾　切　古兒　憶兒.古.心.妮　嘎

客氣但不是正式的說法的「해요體 [hae.yo]」的「아 [a]/ 어요 [eo.yo]」，如果加上去會怎麼樣呢？

您去嗎？

「例句」
가세요?
卡.誰.喲

在活用上一般是「시 [si] ＋어요 [eo.yo] ＝셔요 [syeo.yo]」，但一般大都用「(으) 세요 [(eu) .se.yo]」。

> 基本句型
>
> 語幹是母音結尾＋세요 [se.yo]
>
> 語幹是子音結尾＋으세요 [eu.se.yo]

您去韓國嗎？

韓國	×	您去嗎
han.gu	ge	ga.se.yo

「例句」 **한국 에 가세요?**
韓.姑　也　卡.誰.喲

您喜歡韓國歌嗎？

韓國	歌	您喜歡嗎
han.gung	no.rae	jo.a.ha.se.yo

「例句」 **한국 노래 좋아하세요?**
韓.姑　喔.雷　秋.阿.哈.誰.喲

您看韓國書嗎？

韓國	書	×	您看嗎
han.gu.geo	chae	geur	il.geu.se.yo

「例句」 **한국어 책 을 읽으세요?**
韓.姑.喔　切客　股兒　額.憶兒.古.誰.喲

Rule 04 固定的尊敬語

韓語中有一部分的單字有自己固定的尊敬語，如「吃、說、睡」。這些單字就要個別記住囉！

例句

■ 您吃。

meok.dda　　deu.si.da
먹 다. →드시다.

■ 您說。

mal.ha.da　　mal.sseum.ha.si.da
말하다. →말 씀 하시다.

■ 您休息。

ja.da　　ju.mu.si.da
자다. →주무시다.

■ 您在。

it.da　　ge.si.da
있다. →계시다.

另外，還要注意一點，如果語幹的結尾是「ㄹ」的時候，無論是「십니다體 [sim.ni.da]」或是「세요體 [se.yo]」，最後都會有省略「ㄹ」的現象。

例句

■ 活，居住

sal.da　　sa.sim.ni.da
살다. →사십니다.

■ 打（電話）。

geol.da　　geo.se.yo
걸 다. →거세요.

104

1. 您是老師。(입니다)

   선생님 (　　　　　　).

2. 哪一位是令堂？(입니다)

   누가 어머님 (　　　　　)?

3. 那一位個子很高嗎？(크다)

   그분은 키가 (　　　　　　)?

4. 請您走好。(가다)

   안녕히 (　　　　　　).

5. 貴府遠嗎？(멀다)

   댁이 (　　　　　)?

6. 找什麼地方呢？(찾다)

   어딜 (　　　　　)?

數字

這一回我們來看韓語的數字。韓語的數字有分「漢數字」跟「固有數字」。

學習重點及關鍵文法

● 漢數字：發音跟華語接近。
● 固有數字：使用原來韓語裡表示數字、數目的固有詞。

基本單字 先記住這些單字喔！

韓 文	唸 法	中 譯
□ ~ 장	張 jang	～張（紙張）
□ ~ 사람	莎．郎 sa.ram	～（個）人
□ ~ 대	貼 dae	～台（汽車等）
□ ~ 명	妙 myeong	～位（人）
□ ~ 병	蘋 byeong	～瓶（酒瓶等）
□ ~ 마리	馬．里 ma.ri	～隻（狗等）
□ ~ 잔	餐 jan	～杯（酒杯等）
□ ~ 권	鍋 gwon	～本（書等）
□ ~ 켤레	苛兒．淚 kyeol.le	～雙（鞋等）
□ ~ 원	旺 won	～韓元（韓幣等）

這是跟中國借用的字，所以發音跟華語接近。講幾月幾日、金額、號碼～等，一定要用漢數字。那麼，就先從 0 到 10 開始記吧！

□ 0 到 10 的念法

0	1	2	3	4	5
영 / 공	일	이	삼	사	오
[yeong/kong]	[il]	[i]	[sam]	[sa]	[o]

6	7	8	9	10	
육	칠	팔	구	십	
[(r)yuk]	[chil]	[pal]	[gu]	[sip]	

十月二十五日

十	月	二十五	日
si	wo	ri.si.bo	il

「例句」

시	월	이십오	일
細	我	里.細.普	憶兒

□ 「零」的念法

「零」有兩個念法，講電話號碼的時候，要用「공 [gong]」。

03-5157-2424

0	3	5	1	5	7	2	4	2	4
gong	sam	o	ir	o	chi	ri	sa	i	sa

「例句」

공	삼	오	일	오	칠	이	사	이	사
工	山毋	喔	憶兒	喔	氣	里	莎	衣	莎

□ 10 到億的念法

這個漢數字從零到一、十、百、千、萬、億的念法幾乎跟華語一樣的喔！另外，要注意 6「육 [(r)yuk]」（6）的發音會有一些變化，6 在母音或尾音是「ㄹ」的後面念「륙 [ryug]」，子音的後面念「뉵 [nyug]」。還有「육만 [yuk.man]」（6 萬）是念「융만 [yung.man]」。

10 십 [sib]	11 십일 [si.bir]	12 십이 [si.bi]	13 십삼 [sip.sam]	14 십사 [sip.sa]	15 십오 [si.bo]
16 십육 [sibn.yug]	17 십칠 [sip.chir]	18 십팔 [sip.par]	19 십구 [sip.gu]	20 이십 [i.sib]	30 삼십 [sam.sib]
40 사십 [sa.sib]	50 오십 [o.sib]	60 육십 [yuk.sip]	70 칠십 [chil.sib]	80 팔십 [pal.sib]	90 구십 [gu.sib]
100 백 [baek]	千 천 [cheon]	萬 만 [man]	十萬 십만 [sim.man]	百萬 백만 [baeng.man]	千萬 천만 [cheon.man] /[cheon.man]
億 억 [eok]					

☐ 接在漢數字的量詞有

除了年月日用漢數字以外，金額、號碼等，也都是用漢數字。接在漢數字的量詞有：

年 년 [nyeon]	月 월 [wol]	日 일 [il]	圜 원 [won]
人份 인분 [in.bun]	號 번 [peon]	樓 층 [cheung]	

☐ 月份的說法

1 月 일월 [ir.wol]	2 月 이월 [i.wol]	3 月 삼월 [sam.wol]	4 月 사월 [sa.wol]	5 月 오월 [o.wol]	6 月 유월 [yu.wol]
7 月 칠월 [chir.wol]	8 月 팔월 [par.wol]	9 月 구월 [gu.wol]	10 月 시월 [si.wol]	11 月 십일월 [sibir.wol]	12 月 십이월 [sibi.wol]

* 月份的說法中，只有 6 月跟 10 月發音有變化。

固有數字：要說時間或計算幾個人、幾個、幾回、年齡等，要用韓語的固有數字。
固有數字有 1 到 99 個，首先，先記住 1 到 10 吧！

□ 1 到 10 的念法

1 하나 [ha.na]	2 둘 [dul]	3 셋 [set]	4 넷 [net]	5 다섯 [da.seot]
6 여섯 [yeo.seot]	7 일곱 [il.gop]	8 여덟 [yeo.deolp]	9 아홉 [a.hop]	10 열 [yeol]

□ 11 到 90 的念法

11 열하나 [yeol.ha.na]	12 열둘 [yeol.dur]	13 열셋 [yeol.set]	14 열넷 [yeol.net]	15 열다섯 [yeol.da.seot]	16 열여섯 [yeo.ryeo.seot]
17 열일곱 [yeo.ril.gob]	18 열여덟 [yeo.ryeo.deolb]	19 열아홉 [yeo.ra.hob]	20 스물 [seu.mul]	30 서른 [seo.reun]	40 마흔 [ma.heun]
50 쉰 [swin]	60 예순 [ye.sun]	70 일흔 [il.heun]	80 여든 [yeo.deun]	90 아흔 [a.heun]	

□ 時間的念法

講時間的時候，「幾點」用固有數字；「幾分」就要用漢數字。而固有數字的1，原本是「하나 [ha.na]」，用在計算時間的1點時變成「한시 [han.si]」。

1 點 한 시 [han.si]	2 點 두 시 [du.si]	3 點 세 시 [se.si]	4 點 네 시 [ne.si]	5 點 다섯 시 [da.seot.si]	6 點 여섯 시 [yeo.seot.si]
7 點 일곱 시 [il.gop.si]	8 點 여덟 시 [yeo.deol.si]	9 點 아홉 시 [a.hop.si]	10 點 열 시 [yeol.si]	11 點 열한 시 [yeol.han.si]	12 點 열두 시 [yeol.du.si]

其他如：

■ 1 點半
han.si. ban
한시 반

■ 1 點 10 分
han.si.sip.ban
한시십반

■ 2 點 20 分
du.si. i .sip.ban
두시 이십반

■ 3 點 30 分
se.si. sam.sip.ban
세시 삼십반

■ 4 點 40 分
ne.si. sa.sip.ban
네시 사십반

■ 5 點 50 分
da.seot.si. o .sip.ban
다섯 시 오십반

□固有數字＋量詞

固有數字的「1、2、3、4、20」後面如果接量詞「幾個、幾點、幾回、年齡…」時，會有些變化。

例如

- 시 (點)　→네 시 (4 點)
  - si　　　　　ne. si
- 살 (歲)　→스무살 (20 歲)
  - sar　　　　seu.mu.sar
- 개 (個)　→한 개 (1 個)
  - gae　　　　han gae
- 번 (回)　→두 번 (2 回)
  - beon　　　d u beon
- 마리 (匹)　→세 마리 (3 匹)
  - ma. r i　　　s e ma.r i

看了一百次。

一百	次	看了
baek	beon	bwa.sseo.yo

「例句」

100	번	봤어요 .
陪	崩	拔 . 手 . 喲

請填入數字來完成句子。

1. 石鍋拌飯 7200 韓元。

   비빔밥은 (　　　　　　) 원입니다 .

2. 我的生日是 8 月 9 日。

   제 생일은 (　　　　　　) 입니다 .

3. 手機號碼是 0105679。

   휴대폰번호는 (　　　　　) 입니다 .

4. 喝了兩杯咖啡。

   커피를 (　　　　　　) 마셨습니다 .

5. 我有十個韓國朋友。

   한국 친구가 (　　　　　) 있습니다 .

6. 現在 3 點 15 分。

   지금 (　　　　　　) 이에요 .

ANSWER
答案

1. 비빔밥은 칠천이백 원입니다 .
2. 제 생일은 팔월 구일 입니다 .
3. 휴대폰번호는 공일공의 오육칠구 입니다 .
4. 커피를 두잔 마셨습니다 .
5. 한국 친구가 열명 있습니다 .
6. 지금 세시 십오분 이에요 .

這一回我們來看韓語的動詞及形容詞的連體形。中文說「吃飯的人」、「很棒的歌聲」時,其中,「吃飯＋人」、「很棒＋歌聲」,也就是動詞及形容詞想跟名詞連在一起成為一體,動詞及形容詞就要變成連體形了。

學習重點及關鍵文法

● 用ᆫ [neun] 或 ㄴ [n] 來連接名詞
● 形容詞現在連體形,變化跟動詞過去連體形一樣

基本單字　先記住這些單字喔!

韓　文	唸　法	中　譯
□ 영화	用.化 yeong.hwa	電影
□ 사람	莎.郎 sa.ram	人
□ 상품	商.撲母 sang.pum	產品
□ 호텔	呼.貼 ho.tel	飯店
□ 아버지	阿.波.吉 a.beo.ji	爸爸
□ 아기	阿.給 a.gi	嬰兒
□ 바다	爬.打 ba.da	大海
□ 사진	莎.親 sa.jin	照片
□ 아가씨	阿.卡.西 a.ga.ssi	小姐
□ 일본	憶兒.本 il.bon	日本
□ 산	三 san	山
□ 아무도	阿.木.土 a.mu.do	誰也…沒有
□ 교실	叫.吸 gyo.sil	教室

動詞的現在連體形的作法是，只要「語幹 + 는 [neun]」就成爲現在連體形了。

基本句型　語幹 + 는 [neun]+ 名詞

看電影的人

電影	×	看的	人
yeong.hwa	reur	bo.neun	sa.ram

「例句」　영화 를 보는 사람 (보다 : 看)
　　　　用.化　　路　　普.能　　莎.郞

跟李民洪先生碰面的人

李民洪	先生	跟	碰面的	人
i.min.hong	ssi	reur	man.na.neun	sa.ram

「例句」　이민홍 씨 를 만나는 사람 (만나다 : 碰面)
　　　　衣.敏.洪　西　路　滿.那.能　　莎.郞

□語幹的結尾是「ㄹ [r]」時，有消失的習性

動詞的現在連體形不會因爲前接詞的結尾是子音或母音而產生變化，但是動詞語幹有「ㄹ [r]」時，有消失的習性。動詞語幹有「ㄹ [r]」，要變成現在連體形，先去掉「ㄹ [r]」再接「는 [neun]」，就行啦！

基本句型　語幹 – ㄹ [r] + 는 [neun]+ 名詞

住在飯店的人

飯店	在	住的	人
ho.te	re	sa.neun	sa.ram

「例句」　호텔 에 사는 사람 (살다 : 居住)
　　　　呼.貼　淚　莎.能　莎.郞

賺錢的爸爸

錢	×	賺的	爸爸
do	neur	beo.neun	a.beo.ji

「例句」 돈 을 버는 아버지 (벌다 : 賺錢)
土　奴　波.呢　阿.波.吉

Rule 02　動詞過去連體形

動詞的過去連體形的作法是，只要「語幹＋ㄴ [n]/ 은 [eun]」就成爲過去連體形了。
動詞過去連體形會因爲語幹的結尾是子音或母音而產生變化。

> 基本句型
> 語幹是母音結尾：語幹＋ㄴ [n]＋名詞
> 語幹是子音結尾：語幹＋은 [eun]＋名詞

看電影的人

電影	×	看的	人
yeong.hwa	reur	bon	sa.ram

「例句」 영화 를 본 사람 (보다 : 看)
用.化　路　本　莎.郎

睡覺的嬰兒

覺	×	睡的	嬰兒
ja	meur	jan	a.gi

「例句」 잠 을 잔 아기 (자다 : 睡覺)
又　母　又　阿.給

坐在椅子上的客人

椅子	在	坐的	客人
ui.ja	e	an.jeun	son.nim

「例句」 의자 에 앉은 손님 (앉다 : 坐)
鳥衣.又　也　安.住　鬆.你母

走在路上的人

路	×	走的	人
gi	reur	geon.neun	sa.ram

「例句」 길을 걷는 사람 （걷다：走路）
給 路 滾.能 莎.郎

這是在海上拍攝的照片。

這是	×	海上	從	拍攝的	照片
i.geo	seun	ba.da	e.seo	jji.geun	sa.ji.nim.ni.da

「例句」 이것 은 바다 에서 찍은 사진입니다.（찍다：拍攝）
衣.勾 順 爬.打 也.瘦 飢.滾 莎.吉.你母.妮.打

□動詞過去式的語幹結尾是「ㄹ [r]」時，有消失的習性

動詞過去式的語幹有「ㄹ [r]」，要變成過去式的連體形，先去掉「ㄹ [r]」再接「ㄴ [n]」，就行啦！

> **基本句型** 語幹 – ㄹ [r] + ㄴ [n] + 名詞

認識我的友人

我	×	認識的	友人
na	reur	an	chin.gu

「例句」 나 를 안 친구 （알다：認識）
那 魯 昂 親.姑

賺錢的父親

錢	×	賺的	父親
do	neur	beon	a.beo.ji

「例句」 돈 을 번 아버지 （벌다：賺錢）
土 奴 波 阿.波.吉

Rule 03 形容詞的現在連體形

65 CD

形容詞的現在連體形，變化方式跟動詞過去連體形一樣，會因為語幹的結尾是子音或母音而產生變化。語幹結尾是「ㄹ [r]」的形容詞，也有特殊的活用變化。

基本句型

語幹是母音結尾：語幹＋ㄴ [n]＋名詞

語幹是子音結尾：語幹＋은 [eun]＋名詞

美麗的小姐

美麗的	小姐
ye.ppeun	a.ga.ssi

「例句」 예쁜 아가씨 (예쁘다 : 美麗的)
也.奔　阿.卡.西

我家很大。

我的	家	×	大的	是
u.ri	ji	beun	keun	ji.bi.e.yo

「例句」 우리 집 은 큰 집이에요. (크다 : 大的)
無.里　吉　奔　困　吉.比.也.喲

好棒的歌聲啊！

好棒的	歌聲啊
meot.jin	mok.so.ri.yeo.sseo.yo

「例句」 멋진 목소리였어요. (멋지다 : 好棒的)
莫.親　某.嫂.里.有.手.喲

寬敞的房間

寬敞的	房間
neol.beun	bang

「例句」 넓은 방 (넓다 : 寬敞的)
男兒.奔　胖

118

那人是個好人。

那	人	×	好的	人	是
geu	sa.ra	meun	jo.eun	sa.ra	mi.e.yo

「例句」 그 사람 은 좋은 사람 이에요. (좋다 : 好的)
古　莎.郎　運　秋.運　莎.郎　迷.也.喲

日本也有很多高山。

日本	也有	高的	山	×	很多
il.bo	ne.do	no.peun	sa	ni	man.seum.ni.da

「例句」 일본 에도 높은 산 이 많습니다. (높다 : 高的)
憶兒.普　內.土　喔.噴　莎　妮　滿.師母.妮.打

□語幹結尾是「ㄹ [r]」的形容詞

形容詞的語幹有「ㄹ [r]」，要變成現在連體形，先去掉「ㄹ [r]」再接「ㄴ [n]」，就行啦！

語幹 – ㄹ [r] ＋ ㄴ [n]＋ 名詞

我的家在很遠的地方。

我的	家	×	遠的	地方	×	在
u.ri	ji	beun	meon	go	se	i.sseo.yo

「例句」 우리 집 은 먼 곳 에 있어요. (멀다 : 遠的)
無.里　吉　奔　門　姑　誰　衣.手.喲

119

存在詞就是指「在、不在」、「有、沒有」的「있다 [it.da]」跟「없다 [eop.da]」了。
存在詞的現在連體形作法如下：

 語幹 + 는 + 名詞

在那裡的那個人是誰呢？

那裡	×	在	人	×	誰	是呢
jeo.jjo	ge	in.neun	sa.ra	meun	nu.gu	ye.yo

「例句」

저쪽 에 있는 사람 은 누구 예요? (있다：在)
走.秋　給　音.能　莎.郎　運　努.姑　也.喲

沒有人的教室

誰	也	不在的	教室
a.mu	do	eom.neun	gyo.sir

「例句」

아무 도 없는 교실. (없다：沒有)
阿.木　土　歐姆.能　叫.吸

120

動詞、形容詞、存在詞的現在連體形的活用如下表：

	語幹是母音結尾	語幹是子音結尾
動　詞	動詞的語幹＋는 가다→가는 [ga.da.→.ga.neun]	動詞的語幹＋는 먹다→먹는 [meok.da.→.meong.neun]
動詞語幹是ㄹ結尾		動詞的語幹／-ㄹ＋는 놀다→노는 [nol.da.→.no.neun]
形容詞	形容詞的語幹＋ㄴ 예쁘다→예쁜 [ye.ppeu.da.→.ye.ppeun]	形容詞的語幹＋은 높다→높은 [nop.da.→.no.peun]
形容詞語幹是ㄹ結尾		形容詞的語幹／-ㄹ＋ㄴ 멀다→먼 [meol.da.→.meon]
存在詞	存在詞的語幹＋는 계시다→계시는 [ge.si.da.→.ge.si.neun]	存在詞的語幹＋는 있다→있는 [it.da.→.in.neun]

1. 在冬季戀歌裡演出的演員。
〔겨울연가 , 에 , 출연한 , 배우〕
→ (   ).

2. 帶著眼鏡的人。
〔쓰는 , 을 , 사람 , 안경〕
→ (   ).

3. 眼睛漂亮的男性。
〔남자 , 이 , 눈 , 예쁜〕
→ (   ).

4. 沒有一個人住的家。
〔없는 , 도 , 아무 , 집〕
→ (   ).

5. 那個人是好人。
〔은 , 좋은 , 사람 , 그 , 사람 〕
→ (   ).

6. 走在很長的馬路上。
〔길 , 걷는다 , 을 , 긴 〕
→ (   ).

ANSWER 答案

1. 겨울연가에 출연한 배우입니다.
2. 안경을 쓴 사람입니다.
3. 눈이 예쁜 남자입니다.

4. 아무도 없는 집입니다.
5. 그 사람은 좋은 사람이에요.
6. 긴 길을 걸었어요.

希望、願望

表示「我想去金秀賢先生的故鄉旅行」的「我想」要怎麼說呢？在韓國清楚表達自己的想法，被認為是一種美德。到了韓國如果表現的太曖昧，可是會被認為你是一個奇怪的人哦。

學習重點及關鍵文法

●沒有活用跟變化。
●動詞語幹＋고 싶다 [go.sip.da] ＝ 我想～

67 **CD**

基本單字	先記住這些單字喔！	

韓　文	唸　法	中　譯
□ 김치	<u>金母</u>.<u>氣</u> gim.chi	泡菜
□ 먹다	<u>摸</u>.<u>姑</u>.<u>打</u> meok.da	吃
□ 마시다	<u>馬</u>.<u>細</u>.<u>打</u> ma.si.da	喝
□ 물	<u>母</u> mul	水
□ 동대문	<u>同</u>.<u>貼</u>.<u>悶</u> dong.dae.mun	東大門
□ 시장	<u>細</u>.<u>張</u> si.jang	市場
□ 가다	<u>卡</u>.<u>打</u> ga.da	去

「~ 고 싶다 [go.sip.da]」 ：表示希望及願望

68 CD

這一回我們來介紹一下「我想~」表示希望及願望的說法。使用時，將「~ 고 싶다 [go. sip.da]」接在動詞的後面，表示希望實現該動詞。禮貌並尊敬的說法用「고 싶습니다 [go. sip.seum.ni.da]」，客氣但不是正式的說法用「~ 고 싶어요 [go.si.peo.yo]」。接續方法，不管是母音結尾還是子音結尾都一樣。

基本句型 　動詞語幹 + 고 싶다 [go.sip.da]

我想吃泡菜。

我	×	泡菜	×	吃	想
na	neun	gim.chi	reur	meok	go	sip.seum.ni.da

「例句」 나 는 김치 를 먹 고 싶습니다. (먹다:吃)
那 能 金母.氣 路 摸 姑 細.師母.妮.打

我想喝水。

我	×	水	×	喝	想
na	neun	mu	reur	ma.si	go	si.peo.yo.

「例句」 나 는 물 을 마시 고 싶어요. (마시다:喝)
那 能 木 路 馬.細 姑 細.波.喲

我想去東大門市場。

東大門市場	×	去	想
dong.dae.mun.si.jang	e	ga	go	sip.da

「例句」 동대문시장 에 가 고 싶다. (가다：去)
同.貼.悶.細.張 也 卡 姑 細.打

（我）想去金秀賢先生的故鄉（旅行）。

金秀賢	先生	故鄉	×	去	想
gim.su.hyeon	ssi	go.hyang	e	ga	go	si.peo.yo

「例句」 김수현 씨 고향 에 가 고 싶어요.
金母.樹.玄 西 姑.香 也 卡 姑 細.波.喲

＊ 希望形的否定說法，只要在動詞語幹前面加上「안 [an]」就行啦！：也就是「안 [an]+ 動詞語幹 + 고 싶다 [go.sip.da]」。

1. **想去韓國。**
   가 , 에 , 싶습니다 , 한국 , 고
   _去　_×　_想　_{韓國}　_×
   → (　　　　　　　　　　　　　　) .

2. **想買包包。**
   싶습니다 , 가방 , 사 , 을 , 고
   _想　_{包包}　_買　_×　_×
   → (　　　　　　　　　　　　　　) .

3. **想跟那個人見面嗎？**
   사람 , 만나 , 을 , 고 , 그 , 싶어요
   _人　_{見面}　_×　_×　_{那個}　_想
   → (　　　　　　　　　　　　　　) ?

4. **想跟朋友去看電影。**
   고 , 하고 , 친구 , 를 , 보 , 싶어요 , 영화
   _×　_跟　_{朋友}　_×　_看　_想　_{電影}
   → (　　　　　　　　　　　　　　) .

5. **想跟哥哥見面。**
   고 , 오빠 , 싶어요 , 만나 , 를
   _×　_{哥哥}　_想　_{見面}　_×
   → (　　　　　　　　　　　　　　) .

6. **我想買褲子。**
   룰 , 싶어요 , 사고 , 바지
   _×　_想　_買　_{褲子}
   → (　　　　　　　　　　　　　　) .

STEP 7 請託

請韓星務必來台獻唱,說:「請來台灣。」的「請~」;台灣有好吃的珍珠奶茶、鳳梨酥、小籠包,請一定要嚐嚐,說:「請給我三杯。」的「請給我~」,要怎麼說呢?

> **學習重點及關鍵文法**
>
> ●주세요 [ju.se.yo] =請
> ●物品→를 [reur]/ 을 주세요 [eur.ju.se.yo]
> ●動作→아 [a]/ 어 주세요 [eo.ju.se.yo]

基本單字 先記住這些單字喔!

韓 文	唸 法	中 譯
□ 사과	莎.瓜 sa.gwa	蘋果
□ 펜	偏 pen	筆
□ 영수증	用.樹.真 yeong.su.jeung	收據
□ 팔다	八.打 pal.da	賣
□ 싸다	撒.打 ssa.da	便宜
□ 열다	又.打 yeol.da	打開
□ 잊는다	音.能.打 in.neun.da	忘記
□ 대만	貼.滿 dae.man	台灣

到韓國購物或用餐經常可以用到的、婉轉、客氣的請託句型是「物品＋를 [reur]/ 을 주세요 [eur.ju.se.yo]」。是在「주다 [ju.da]」的語尾，加上客氣的命令形「세요 [se.yo]」而形成的。

> 母音結尾 + 를 주세요 [reur.ju.se.yo]
>
> 子音結尾 + 을 주세요 [eur.ju.se.yo]

請給我蘋果。

蘋果	×	請給我
sa.gwa	reur	ju.se.yo

「例句」

사과 를 주세요.
莎.瓜　路　阻.誰.喲

請給我筆。

筆	×	請給我
pe	neur	ju.se.yo

「例句」

펜 을 주세요.
配　奴　阻.誰.喲

在口語上，常會省略助詞「를 [reur]/ 을 [eur]」，但不影響句子的意思。

請給我三個。

三	個	請給我
se	gae	ju.se.yo

「例句」

세 개 주세요.
誰　給　阻.誰.喲

請給我收據。

收據	請給我
yeong.su.jeung	ju.se.yo

「例句」

영수증 주세요.
用.樹.真　阻.誰.喲

動作→~아 [a]/ 어 주세요 [eo.ju.se.yo]：請做～

71 CD

請託對方做某行為時用「動詞語幹＋아 [a]/ 어 주세요 [eo.ju.se.yo]」，這婉轉、客氣的句型。

> 陽母音語幹 + 아 주세요 [a.ju.se.yo]
>
> 陰母音語幹 + 어 주세요 [eo.ju.se.yo]

請賣給我。

賣		請（給我）
pa	ra	u.se.yo

「例句」 팔 아 주세요 . (팔다+아 주세요)
　　　　怕　郎　阻 . 誰 . 喲

pal.da a ju.se.yo

請算便宜。

便宜		請（算）
kka	kka	ju.se.yo

「例句」 깎 아 주세요 . (깎다+아 주세요)
　　　　嘎　嘎　阻 . 誰 . 喲

kkak.da a ju.se.yo

請來。

來	請
wa	ju.se.yo

「例句」 와 주세요 . (오다+아 주세요)〈오+아，省略成와〉
　　　　娃　阻 . 誰 . 喲

o.da a ju.se.yo

請打開。

打開		請
yeo	reo	ju.se.yo

「例句」 열 어 주세요 . (열다+어 주세요)
　　　　有　樓　阻 . 誰 . 喲

yeol.da eo ju.se.yo

請忘了吧。

「例句」

잇 어 주세요．（잇다+어 주세요）
衣 走 阻.誰.喲

請來台灣。

「例句」 대만 에 와 주세요．（오다+아 주세요）〈오+아,省略成와〉
貼.馬 內 娃 阻.誰.喲

補充一下

頭 머리 [meo.ri]	臉 얼굴 [eol.gul]	眼睛 눈 [nun]	鼻子 코 [ko]	耳朵 귀 [gwi]
嘴巴 입 [ip]	脖子 목 [mok]	胳膊 팔 [pal]	腿，腳 다리 [da.ri]	肩膀 어깨 [eo.kkae]
胸部 가슴 [ga.seum]	手 손 [son]	拇指 손가락 [son.kka.rak]	腳趾頭 발가락 [bal.kka.rak]	心臟 심장 [sim.jang]
肝臟 간 [gan]	腎臟 신장 [sin.jang]	胃 위 [wi]	肺 폐 [pe]	

129

練習 句子被打散了，請在（　）內排出正確的順序。

1. 請您買這個。

   사 , 이것 , 주세요 , 을

   → (　　　　　　　　　　).

2. 請關上門。

   을 , 문 , 주세요 , 닫아

   → (　　　　　　　　　　).

3. 請唸這本書。

   읽어 , 이 , 을 , 주세요 , 책

   → (　　　　　　　　　　).

4. 請幫我拿包包。

   주세요 , 가방 , 들어 , 을

   → (　　　　　　　　　　).

5. 請脫下衣服。

   주세요 , 벗어 , 옷을

   → (　　　　　　　　　　).

ANSWER 答案

1. 이것을 사 주세요.
2. 문을 닫아 주세요.
3. 이 책을 읽어 주세요.
4. 가방을 들어 주세요.
5. 옷을 벗어 주세요.

附録

生活必備
單字

星期 01

星期日	星期一	星期二	星期三	星期四
伊.六.憶兒	我.六.憶兒	化.油.憶兒	樹.油.憶兒	某.叫.憶兒
일요일	월요일	화요일	수요일	목요일
i.ryo.il	*wo.ryo.il*	*hwa.yo.il*	*su.yo.il*	*mo.gyo.il*

星期五	星期六
苦.妙.憶兒	偷.油.憶兒
금요일	토요일
keu.myo.il	*to.yo.il*

顏色 02

黑色	白色	灰色	紅色	粉紅色
共.悶.誰	恨.誰	會.誰	八兒.桿.誰	噴.紅.誰
검은색	흰색	회색	빨간색	분홍색
keo.meun. saek	*hoen.saek*	*hoe.saek*	*ppal.gan. saek*	*pu.nong.seak*

藍色	黃色	綠色	橙色	紫色
怕.藍.誰	努.藍.誰	求.鹿.誰	喔.連.奇.誰	普.拉.誰
파란색	노란색	초록색	오렌지색	보라색
pa.ran.saek	no.ran.saek	cho.rok.saek	o.ren.ji.saek	po.ra.saek

咖啡色
渴.誰
갈색
kal.saek

位置、方向　03

東	西	南	北	前面
同.秋	瘦.秋	男.秋	布.秋	阿布
동쪽	서쪽	남쪽	북쪽	앞
tong.jjok	seo.jjok	nam.jjok	buk.jjok	ap

後面	裡面	外面	北上	南下
推	安	扒客	上.狠	哈.狠
뒤	안	밖	상행	하행
twi	an	pak	sang.haeng	ha.haeng

人物及親友 04

我	我們	父親	母親	哥哥 （妹妹使用）
走/娜	屋.里	阿.波.奇	喔.末.妮	喔.爸
저/나	우리	아버지	어머니	오빠
jeo/na	u.ri	a.beo.ji	eo.meo.ni	o.ppa.

哥哥 （弟弟使用）	姊姊 （妹妹使用）	姊姊 （弟弟使用）	爺爺	奶奶
雄	喔嗯.妮	努.娜	哈.拉.波.奇	哈.末.妮
형	언니	누나	할아버지	할머니
hyeong	eon.ni	nu.na	ha.la.beo.ji	hal.meo.ni

叔叔，大叔	阿姨，大嬸	情人	男人	女人
阿.走.西	阿.初.馬	有.您	男.又	有.又
아저씨	아줌마	연인	남자	여자
a.jeo.ssi	*a.jum.ma*	*yeo.nin*	*nam.ja*	*yeo.ja*
大人	小孩	朋友	夫妻	兄弟
喔.輪恩	阿.姨	親.姑	樸.布	雄.姊
어른	아이	친구	부부	형제
eo.leun	*a.i*	*chin.gu*	*pu.bu*	*hyeong.je*
丈夫	妻子	兒子	女兒	么子
男.驅翁	阿.內	阿.都兒	大耳	忙.內
남편	아내	아들	딸	막내
nam.pyeon	*a.nae*	*a.deul*	*ddal*	*mang.nae*
年輕人	前輩	中國人	韓國人	
求兒.悶.你	松.配.你母	中.庫.金	憨.庫.沙.郎	
젊은이	선배님	중국인	한국사람	
jeol.mneu.ni	*seon.bae.nim*	*jung.gu.gin*	*han.guk.saram*	

身體	頭	頭髮	額頭	臉
心.切	末.里	末.里.卡.拉	伊.馬	歐兒.骨兒
신체	머리	머리카락	이마	얼굴
sin.che	meo.ri	meo.ri.ka.rak	i.ma	eol.gul
眼睛	耳朵	鼻子	嘴巴	嘴唇
奴恩	桂	庫	衣樸	衣樸.贖兒
눈	귀	코	입	입술
nun	kwi	ko	ip	ip.sul
下巴	舌頭	喉嚨	牙齒	脖子
偷哥	喝有	某.姑.猛	伊.八兒	某
턱	혀	목구멍	이빨	목
teok	hyeo	mok.gu.meong	i.ppal	mok
胸部	肚子	背	腰	肩膀
卡.師母	配	頓	後.里	喔.給
가슴	배	등	허리	어깨
ka.seum	pae	teung	heo.li	eo.gge

肚臍	屁股	手	腳	大腿
配.勾布	翁.懂.伊	手恩	拔	搜樸.秋.打.里
배꼽	엉덩이	손	발	넓적다리
bae.kkop	*eong.deong.i*	*son*	*pal*	*neolp.jeok.ta.ri*
膝蓋				
木.弱樸				
무릎				
mu.leup				

生活用品、藥物 06

筷子	湯匙	刀子	叉子	杯子
秋.卡.拉	俗.卡.拉	娜.伊.普	普.苦	可不
젓가락	숟가락	나이프	포크	컵
cheot.ga.rak	*sut.ga.rak*	*na.i.peu*	*po.keu*	*keop*

毛巾	雨傘	眼鏡	隱形眼鏡
樹.幹	屋.傘	安.欲恩	空.特.的.連.具
수건	우산	안경	콘택트렌즈
su.geon	*u.san*	*an.gyeong*	*kon.taek.teu.ren.jeu*

手機	煙灰缸	鏡子	紙	鉛筆
黑恩.的.朋	切.頭.力	口.無耳	窮.伊	永.筆
핸드폰	재떨이	거울	종이	연필
haen.deu.pon	*chae.tteo.ri*	*keo.ul*	*chong.i*	*yeon.pil*

原子筆	橡皮擦	剪刀	衛生紙	衛生棉
波.片	奇.屋.給	卡.位	化.張.奇	先.里.貼
볼펜	지우개	가위	화장지	생리대
pol.pen	*chi.u.gae*	*ga.wi*	*hwa.jang.ji*	*saeng.ri.dae*

藥	感冒藥	頭痛藥	止瀉藥	止痛藥
牙苦	甘.幾.牙苦	禿.痛.牙苦	奇.沙.姊	親.痛.姊
약	감기약	두통약	지사제	진통제
yak	*gam.gi.yak*	*tu.tong.yak*	*chi.sa.je*	*chin.tong.je*

<table>
<tr><td>

絆創膏

胖.搶.姑
반창고
ban.chang.go

</td><td>

</td></tr>
</table>

衣服、鞋子、飾品 **07**

衣服	襯衫	T恤	白襯衫	polo 襯衫
喔特	羞.恥	提.羞.恥	娃.伊.羞.恥	婆.樓.羞.恥
옷	셔츠	티셔츠	와이셔츠	폴로셔츠
ot	*syeo.cheu*	*ti.syeo.cheu*	*wa.i.syeo.cheu*	*pol.ro.syeo.cheu*
西裝	韓服	西服	連身洋裝	夾克
窮.張	憨.伯	洋.伯	土.淚.思	叉.可
정장	한복	양복	드레스	자켓
cheong.chang	*han.bok*	*yang.bok*	*teu.re.seu*	*ja.ket*

外套	毛衣	短袖	長袖	連身裙
庫.土	思.胃.透	胖.八	幾恩.八	旺.匹.思
코트	스웨터	반팔	긴팔	원피스
ko.teu	*seu.we.teo*	*pan.pal*	*kin.pal*	*won.pi.seu*

裙子		迷你裙		褲子
氣.馬 / 思.攄.土		米.妮.思.攄.土		爬.奇
치마 / 스커트		미니스커트		바지
chi.ma/seu.keo.teu		*mi.ni.seu.keo.teu*		*ba.ji*

牛仔褲	內褲	絲襪	睡衣	泳裝
窮.爬.奇	偏.提	思.她.金恩	招.摸	樹.用.伯
청바지	팬티	스타킹	잠옷	수영복
cheong.ba.ji	*pean.ti*	*seu.ta.king*	*ja.mot*	*su.yeong.bok*

童裝	眼鏡	太陽眼鏡		領帶
阿.同.伯	安.京恩	松.哭.拉.思		內.她.伊
아동복	안경	선그라스		넥타이
a.dong.bok	*an.gyeong*	*seon.geu.la.seu*		*nek.ta.i*

皮帶	帽子	圍巾	絲巾	手套
陪.土	母.又	某.都.里	思.卡.普	張.甲
벨트	모자	목도리	스카프	장갑
pel.teu	*mo.ja*	*mok.do.ri*	*seu.ka.peu*	*jang.gap*

戒指	項鍊	耳環	耳環 . (穿孔)	
胖.奇	某.勾.力	桂.勾.力	匹.喔.醒	
반지	목걸이	귀걸이	피어싱	
pan.ji	*mok.geo.ri*	*gwi.geo.ri*	*pi.eo.sing*	

襪子	鞋子	高跟鞋	長筒靴子	運動鞋
洋.罵	姑.禿	喝兒	龍.樸.吃	運.同.化
양말	구두	힐	롱부츠	운동화
yang.mal	*gu.du*	*hil*	*rong.bu.cheu*	*un.dong.hwa*

涼鞋	拖鞋	手錶	皮包	手提包
現.都兒	思.里.波	松.某.細.給	卡.胖	黑恩.都.配
샌들	슬리퍼	손목시계	가방	핸드백
saen.deul	*seul.li.peo*	*son.mok.si.gye*	*ka.bang*	*haen.deu.baek*

背包	皮夾	鑰匙環	手帕
配.男	奇.甲	有.誰.鼓.勵	松.樹.工
배낭	지갑	열쇠고리	손수건
pae.nang	*chi.gap*	*yeol.soe.go.ri*	*son.su.geon*

化妝品等 08

化粧品	香水	肥皂	洗髮精	潤絲精
化.張.碰	香.樹	皮.努	香.普	零.思
화장품	향수	비누	샴푸	린스
hwa.jang.pum	*hyang.su*	*pi.nu*	*syam.pu*	*rin.seu*
沐浴乳	潔膚乳液	洗面乳液	化妝水	
爬.弟.香.普	塞.安.姊	波母.科.連.走	思.金恩/化.張.樹	
바디샴푸	세안제	폼클렌저	스킨 / 화장수	
pa.di.syam.pu	*se.an.je*	*pom.keul.len.jeo*	*seu.kin/hwa.jang.su*	

乳液	精華液	護膚霜	面膜
愛.末兒.窘	愛.仙.思	科.力母	馬.思.科.佩
에멀전	에센스	크림	마스크팩
e.meol.jeon	*e.sen.seu*	*keu.rim*	*ma.seu.keu.paek*

防曬乳	BB 霜	粉底霜
叉.外.松.擦.蛋.姊	比.比.科.力母	帕.運.弟.伊.兄
자외선차단제	비비크림	파운데이션
ja.oe.seon.cha.dan.je	*bi.bi.keu.rim*	*pa.un.de.i.syeon*

眼影	睫毛膏	口紅	指甲油
阿.伊.邪.土.屋	馬.思.卡.拉	力普.思.弟	每.妮.哭.我
아이섀도우	마스카라	립스틱	매니큐어
a.i.syae.do.u	*ma.seu.ka.ra*	*lip.seu.tik*	*mae.ni.kyu.eo*

一般肌膚	乾燥肌膚	油性肌膚	敏感肌膚
中.松.匹.樸	空.松.匹.樸	奇.松.匹.樸	敏.甘.松.匹.樸
중성피부	건성피부	지성피부	민감성피부
chung.seong. pi.bu	*keon.seong. pi.bu*	*chi.seong.pi.bu*	*min.gam.seong.pi.bu*

안녕하세요 한국어.
잘 부탁합니다.

★ 獻給想要馬上說韓語的您 ★

韓語入門
中文就行啦

遊韓萬用版

嘻玩韓語【04】

著　　者——金龍範

發 行 人——林德勝

出 版 者——山田社文化事業有限公司

地　　址——臺北市大安區安和路112巷17號7樓

電　　話——02-2755-7622

傳　　真——02-2700-1887

經 銷 商——聯合發行股份有限公司

地　　址——新北市新店區寶橋路235巷6弄6號2樓

電　　話——02-2917-8022

傳　　真——02-2915-6275

印　　刷——上鎰數位科技印刷有限公司

法律顧問——林長振法律事務所　林長振律師

初　　版——2015年6月

書＋1MP3——新台幣210 元

ISBN 978-986-246-409-0